XXIII

Spring Log VI

支倉凍砂
Isuna Hasekura

Illustration
文倉 十
Jyuu Ayakura

溫泉旅館「狼與辛香料亭」老闆
羅倫斯
溫泉旅館「狼與辛香料亭」老闆娘
賢狼赫蘿

拉登主教區領主
拉登
狼與寶石之海
「蘇爾特！你竟敢把我丟在村子裡！」
「拉登大人，您怎麼來了……」
蘇爾特回話後，
一名少年從死命掙扎的拉登身旁探出頭來。

狼與結實之夏
「前兩天不是下過雨嗎？
山上應該長了不少野菇唄。」

「大哥哥！爹！快點～！」
賢狼與旅行商人的女兒
繆里

住在魔山中的松鼠化身
譚雅

狼與晨曦之彩
「再見了，保重。」
艾莉莎簡短告別，
就此走向往南的街道。
薩羅尼亞慶典結束兩天後的清早，
整座城在戀戀不捨的氣氛中開始忙著做過冬的例行準備。
虔誠女祭司
艾莉莎

Contents

狼與寶石之海 —— 11

狼與結實之夏 —— 99

狼與老獵犬的嘆息 —— 115

狼與晨曦之彩 —— 201

狼與辛香料 XXIII

Spring Log VI

WORLD MAP
凱森
迪薩列夫
多蘭平原
阿蒂夫
樂耶夫山
約伊茲
紐希拉
薩羅尼亞
勞茲本
凱勒科
拉波涅爾
堂斯格
樂耶夫河
伊克
凱爾貝
斯威奈爾
溫菲爾王國
雷斯可
托爾金
雷諾斯
羅姆河
普羅亞尼國
特列歐
恩貝爾
N
W
E
S
卡梅爾森
拉姆特拉
崔尼國
波羅遜
留賓海根
帕茲歐
約連
斯拉烏德河
帕斯羅

地圖繪製／出光秀匡

狼與寶石之海

若能化作飛鳥凌空俯瞰，想必是有如一團團長在金棕地毯中的蕈叢——興於內陸交易的薩羅尼亞，就是這樣的城鎮。

從前，一個流浪教士來到當初鄰近農村只用來貿易產品的空地上築起禮拜堂，在這個周圍缺少教堂的地區吸引了不少人流，商人也聞風而至，興市、設棧、鋪路，發展成城鎮。

如今薩羅尼亞已成為每年有兩次大市集聞名的大城，今年的秋季大市集也是熱鬧滾滾。

不過這金玉其外的大市集其實藏了個嚴重問題而搖搖欲墜，甚至有人因此遭受牢獄之災。

而這個人人喊苦的問題，卻被一名路過的旅人兩三下解決了。那幾如魔法的俐落手法，甚至足以在城史中記上一筆。

一對不尋常的旅人夫妻，來到了人心惶惶的薩羅尼亞——那段記錄是這樣起頭的。

丈夫自稱過去只是個小小的旅行商人，在來到薩羅尼亞之前曾解開魔山之謎，還說服德堡商行開了高價買下。而這位高明的前旅行商人甚至一枚銅幣也沒花，就解決了薩羅尼亞全城積累已久的惡債問題。

不過這位慧眼獨具的稀世英雄，似乎在年輕妻子面前也抬不起頭，在薩羅尼亞不時有人見到他被妻子拉著走的樣子。

不用幾天，說不定那些經商祕訣都是來自妻子的流言就傳開了。興許是因為妻子外貌年輕卻氣度不凡所致。

她是一個有著亞麻色頭髮、琥珀色眼睛，言語措辭頗有古風，深沉卻又惹人憐愛的少女。且喝起酒來十分豪爽，膽敢挑戰她的大男人無不敗於石榴裙下，也難怪她能將那位前旅行商人管得服服貼貼了。

這兩人在早秋時節來到薩羅尼亞，漂亮地解決了問題之後，便恩恩愛愛地在城裡享受起他們的旅程。願主保佑——

赫蘿讀完薩羅尼亞最新一筆大事記的草稿，得意得鼻孔都漲大了。

同樣在一旁追著字句跑的羅倫斯只能哭笑不得地說：

「怎麼我的篇幅還比妳少啊？」

「咱可是賢狼赫蘿耶。寫這個的人很懂嘛。」

赫蘿雖有年輕少女的外表，實際上卻是頭上有對三角形大獸耳，腰間長了條毛茸茸尾巴，高齡數百歲的狼之化身。

從前她受人奉為神祇，的確不是羅倫斯這區區一個溫泉旅館老闆可以抗衡，但得意的她怎麼看都是一個少女。

赫蘿近來熱衷於將日常瑣事寫成日記，而自己的記錄和別人的記錄似乎是差得遠了。

「不知道能不能也畫成畫喔？」

大概是港都阿蒂夫的壁畫那件事，讓她食髓知味了。

「人家再怎麼畫都畫不出妳的美啦。」

赫蘿聽了樂了一下，緊接著發現羅倫斯在打馬虎眼而噘起小嘴。

兩人誰也不說話地對視片刻，最後不約而同笑起來。

「我們把草稿還回去，順便吃頓飯吧。」

「嗯，偶爾吃點魚也不錯。」

赫蘿是在阿蒂夫愛上了鮮魚的滋味。

羅倫斯想掂掂錢包的重量，卻發現赫蘿手伸了過來。

抓住那隻手，赫蘿跟著發自內心地笑。

見到這笑容，羅倫斯只有認輸的份。

真的跟大事記寫的一樣呢。羅倫斯心中暗笑，一起離開旅舍房間。

羅倫斯和赫蘿前往教堂歸還草稿時，正好午間禮拜剛結束。人們湧出大門，幾個商人認出羅倫斯而脫帽致意。成為知名人物的感覺讓羅倫斯頗難為情，身旁的赫蘿倒是挺高了胸膛。

她很想說「汝這大笨驢還不是沾咱的光」吧。

「哎呀，羅倫斯先生。」

「午安啊，艾莉莎。」

一進教堂，兩人就遇上盤髮的女祭司，她懷裡聖經很重的樣子。

那是羅倫斯剛邂逅赫蘿不久，替她尋鄉的途中認識的老友。

關係密切到與赫蘿結婚時也請了她來見證，加上她直言不諱的個性，成了接在赫蘿之後第二個讓羅倫斯抬不起頭的女人。

「我是來還大事記草稿的。真的是愈看愈害羞。」

「你這是當之無愧，我到現在還不太敢相信呢。」

不花一枚銅幣就解決了整座城的債權問題，聽起來的確很像魔法，但只要將死結一個個解開，就能發現其實沒有神奇到哪去。

羅倫斯交出手中那疊大事記草稿，艾莉莎像是其中仍有所奧祕般小心接下。

「相比之下，之後妳幫他們處理那些事還比較辛苦吧？」

成功化解債務問題後，羅倫斯當然會猜想其他部分是不是也適用同樣手法。不過「債」是個比較負面的字眼，這又得解開人與人之間的連鎖，便以薩羅尼亞教堂為號召來處理。這時候能依靠的，就是計算與文書能力都強，同時又夠虔誠的艾莉莎了。

「認真起來三天就結束了，沒什麼大不了的。」

那蜂蜜金的炯炯眼眸不像是在逞強。

羅倫斯低頭表示敬佩時，艾莉莎接著說：

「對了對了，今天早上有輛貨馬車送來一個有趣的東西，我打算交給你們。」

在後面打呵欠的赫蘿被這話勾起興趣，可是艾莉莎拿出的卻是跟那本厚重聖經抱在一起的小簿子。

「這是黎明樞機的俗文聖經譯本抄本，我覺得他翻得真的很好。」

就只有「黎明樞機」幾個字的口吻特別戲謔。

以有趣形容與聖經相關的簿子，並不是因為她是為信仰獻上一切的聖職人員。

這個黎明樞機，其實是民間給羅倫斯熟知的青年寇爾封的稱號，如今已是無人不曉。

艾莉莎曾在寇爾小時候帶過他一段時間，從餐桌禮儀開始無所不教，也是他人生導師之一。

現在見到寇爾這麼出名，心中除了感慨之外，想必也覺得有點好笑吧。

對羅倫斯來說，得知從前在旅途上收留的少年如今成了個大人物，驕傲當中也有點男性地位被比下去的感覺。

五味雜陳地接下簿子後，赫蘿從旁探頭過來，大聲吸吸鼻子說：

「怎麼，不是那傢伙寄來的啊？」

「是啊。我也跟出入這座城的商人打聽過他們的消息……可是得到的答案都不一樣。有人說是在某某城見過他們，有人說他們在某地方和缺德教堂抗戰，甚至說他們在聖人山上進行信仰答辯什麼的，簡直像大家愛怎麼掰就怎麼掰的傳說人物那樣。太出名真是有好有壞。」

青年寇爾是為了自己的夢想和信仰，毅然告別了溫泉鄉紐希拉。一轉眼，他已經投身於一場激起社會動盪的大冒險之中。而羅倫斯亟欲知道他的下落，不是擔心其安危，而是出於另一個非常強烈的動機。

「所謂沒消息就是好消息，再說現在既然有這種東西，就表示他又在躲在房間裡啃洋蔥趕瞌睡蟲唄。」

赫蘿拿走簿子揮了揮地說：

「是不是能看見那頭在他旁邊喊無聊的大笨驢啦？」

赫蘿的賊笑讓羅倫斯噘起了嘴。

見到他這模樣，艾莉莎也輕笑著說：

「現在人家都叫她聖女繆里喔。說她總是面帶笑容，和太陽一樣散播慈悲呢。」

羅倫斯聞言都不知道該哭還是該笑了。

會掛念他們的行蹤，不僅是因為他把寇爾當親生兒子看待，最大的原因在於和他一起下山遊歷的獨生女繆里。

儘管他們中途不時會捎信回來，但間隔愈來愈長，最近更是直接斷了音訊，讓人擔憂他們是不是出事了。而這個擔憂，有兩個方面。

一方面是怕他們在旅途中遭遇危難。

另一方面是怕他們沒有血緣的兄妹關係出現巨大轉變。

「這頭大笨驢到現在還不死心。」

「雖然我們家三個都是男孩子，如果他們說要跟太太搬到遙遠的城鎮去，我還是多少會有點不捨吧。」

「沒什麼好不捨的唄。這樣汝等出外旅行就多了照應，還能請他們送點當地好吃的東西過來呀。」

「這樣說來好像也不錯。」

拘謹樸實的艾莉莎，與粗枝大葉的老狼赫蘿看法大多對立，但在這類話題上倒是很聊得來。

「汝啊，好了唄，快給咱清醒一點。咱可是身負重責大任，要給收市慶典作準備吶。」

赫蘿拿簿子拍拍羅倫斯的背。

「準備？……妳只是想去喝酒吧。」

「大笨驢。這城裡沒人比咱更能喝，所以慶典上要送給大家喝的酒，就非得讓咱來選不可了。」

這的確是慶典的準備工作之一，總是勸人節制的艾莉莎在這時節也不會多費唇舌。

「聽說他們每年都會為了選哪家酒窖吵個沒完，今年讓赫蘿小姐來挑，是能省下不少時間沒錯啦。」

「聽到了唄。」

赫蘿驕傲地高抬下巴，羅倫斯只能和艾莉莎一起嘆氣。

「那不是平常那些葡萄酒，都是麥子釀的蒸餾酒，小心別喝多嘍。」

「大笨驢，咱哪有喝多的時候？」

對於敢在教堂大剌剌說這種話的赫蘿，羅倫斯和艾莉莎的嘮叨怎麼起得了作用呢。

「要拿什麼下酒好吶？煙大到會咳嗽的燻肉很不錯……可是蜂蜜甜點這類也讓人放不下啊。」

赫蘿顯得很興奮，從衣服底下安分不了的尾巴就看得出來。

「汝啊，走了。」

「好好好。艾莉莎小姐，我們告辭了。」

「晚點見。」

看著羅倫斯被牽手拉走，艾莉莎臉上泛起不敢恭維卻又有些羨慕的苦笑。

一段時間後。

羅倫斯揹著笑呵呵地醉倒的赫蘿回到旅舍。

薩羅尼亞在春秋兩季各開一次大市集，對商人的吸引力是無遠弗屆。

尤其秋季大市集閉幕時還會舉辦大慶典，感謝豐收與祈求明年風調雨順，是個不可多得的大商機。

羅倫斯曾為旅行商人，當然參加過許多地方的慶典。然而當時他滿腦子都只是想趁熱鬧抬高價格多削一筆，沒有什麼玩到。那是一段總是看著腳邊，盤算著盡可能多走一步，比其他商人早點趕到下個城鎮的生活。

如此匆忙的步調，是在有赫蘿作伴以後才緩下來。

從這時起，他才漸漸開始欣賞過去從未注意過的景色，開始品味過去忽略的氛圍。

慶典的準備工作也是其一。牽起赫蘿的手，讓他明白人們真正期待的原來是慶典這一部分。

「這裡有好多種小麥，真是個好地方喔。」

在宿醉總算退去的傍晚，沒學乖的赫蘿坐在旅舍門口的露天桌位拿著酒杯這麼說。

不過那是低酒精的水果酒，她又一小口一小口慢慢啜飲，還是有在反省的樣子。

「城裡的人大概是無債一身輕，我東西賣得順利極了。」

「喔？就是貨馬車上那堆臭東西嗎。」

都成了這座城的大英雄，豈有不好好利用這名聲的道理，羅倫斯一口氣就把出門之際從紐希拉帶來的一整車硫磺粉賣了一半。聽說有人想趁著慶典的歡樂氣氛挖洞灌熱水泡臨時溫泉，相信還能再多賣幾成。

「實在是沒話說吶。」

赫蘿說完閉上眼睛，讓傍晚微涼的風撥弄她的瀏海，很舒服的樣子。

距離太陽下山還有一小段時間，在慶典將近的日子，城鎮入夜也靜不下來。祈禱在白天睡了個飽的赫蘿不要又喝多時，旅舍老闆拿了點食物和熱湯過來。

「嗯，昨天喝得有點多，現在吃這個正合適啊。」

這麼說之後，赫蘿享受地喝起鮮菇蔬菜湯。

「話說回來，咱還是有一個遺憾。」

「嗯？」

赫蘿放下湯碗，搖啊搖地抓起烤沙丁魚從頭咬一口。

「如果不是鯡魚就好嘍。這座城看起來應該有很多好吃的河魚才對呀。」

鯡魚是多到人們戲稱拿劍往海裡一刺就刺出好幾條的東西，無論如何內陸的地方，餐桌上都少不了牠。而且價格低廉，很容易一吃就是一整個冬天，就算不像赫蘿對吃那麼講究也會看了就皺眉。

河魚就不同了。河面黑壓壓一整片都是魚的事絕對不會發生，且產地大多遠離多得是鹽能防腐的海邊，難以廣泛流通。當地的鮮魚，幾乎只有在當地才吃得到。

「我是有去旁邊那條河看過啦，感覺不像魚很多的樣子。而且人家不是常說無論離海多遠，月亮和鯡魚都會跟著你嗎。不過這是沙丁魚就是了。」

羅倫斯也咬一口沙丁魚，酥香的苦味在嘴裡散開。

想著再多烤一下會更好吃時，赫蘿聳聳肩說：

「汝啊，從我們房間窗戶遠遠看過去，不是隱約有座山嗎？」

「嗯？對啊。」

「聽說咱們穿過的那座山頭的另一個方向，有一口特別的池子吶。」

愛上那苦味的羅倫斯想抓第三條，卻被赫蘿打了手。

「特別？」

羅倫斯隨口應聲，朝老闆晃晃裝沙丁魚的盤子。

「那裡的鱒魚都是極品，可是今年店裡一條都沒有。」

「是喔。」

鱒魚用樹葉包起來，堆上鮮菇跟滿滿的奶油去烤也不錯。羅倫斯畢竟是個旅館老闆，不禁想起了菜單。

「人家說那裡的鱒魚都是精心培育出來的，可是今年鬧了魚的傳染病。」

「河魚的魚塭啊。那跟在水裡放魚籠不一樣，很困難的。在紐希拉也不時會有人想試試看的樣子，可是都不太順利。」

「所以才都是鯡魚或沙丁魚啊？」

即使抱怨，赫蘿依然大口啃著攔住羅倫斯所留下的沙丁魚。

說起配啤酒，當然是肥美的鱒魚比較合適。

而且羅倫斯同樣是作買賣的人，可以感同身受。

「那一定是配合慶典在養的吧。太可憐了。」

既然是山上的魚塭，肯定是當地的重要經濟來源之一。遇上傳染病這種事，業主短時間內自然是不敢再放新魚苗，困境勢必會持續惡化。

這麼想時，赫蘿的視線忽然被某物拉走似的聚焦於一點。羅倫斯跟著望去，發現艾莉莎在對他們輕輕揮手。

「有事嗎？」

赫蘿語氣帶刺，是因為艾莉莎來到宴席上，八成都會說點不中聽的話。

替慶典選好酒以後醉到不省人事的事，相信她已有耳聞。

「身為神的忠僕，我是有責任勸妳節制沒錯。」

艾莉莎語帶無奈地看向羅倫斯。

「不過我要找的是羅倫斯先生，有事情想請他幫忙。」

「找我？」

旅舍老闆正好送來加點的烤魚。赫蘿一手抓魚，一手抓住羅倫斯的後頸。

「這是咱的東西，想使喚他可得拿點東西來換。」

如同大事記上寫的那樣，羅倫斯無意辯解。肩膀縮得整個人細細一條，活像等著被一頭咬掉的沙丁魚。

「這件事，對妳也有好處。」

「嗯？」

「想吃肥美的鱒魚嗎？」

好個說魚魚到。

羅倫斯和赫蘿對看一眼，聽艾莉莎說明緣由。

赫蘿從旅舍窗口見到的山，是拉登主教區的土地。

那裡沒有他們和艾莉莎解決魔山之謎的瓦蘭主教區那麼大，只容得下一個小村。而這個拉登主教區裡的深山小村，做的就是相當稀有的河魚養殖業。薩羅尼亞城附近的河裡只有鯉魚這些土味重的魚，而他們養出來的鱒魚卻又肥又大，人人讚不絕口，自然是供不應求。遺憾的是幾年前，那裡的魚染上了怪病。今年特別嚴重，整池覆滅。目前除了耐心等待池水全部換新外別無他法，想在薩羅尼亞的餐桌上重新見到鱒魚，恐怕是很久以後的事了。

聽到這裡，羅倫斯也猜到下一句八成會是「能否借助你的智慧幫他們脫困」。

可是要找能夠替代魚塭這個命根子的第二出路是件難上加難的事，若能輕易辦到，他早就是大商行的老闆了。不過艾莉莎在前往教堂的途中所說的話，與羅倫斯的猜測其實似是而非。

「要我想借錢的方法？」

他們是一群失去主要產業的愁苦村民，借貸是個合理的選項。

「是要我去跟哪個商行說情嗎？這恐怕不容易……」

借貸會使雙方結下一段長期關係，讓一個湊巧路過的旅人作仲介並不合適。況且薩羅尼亞直至前幾天，都還困在被欠債連環層層套牢而無法動彈的窘境裡。

才剛幫人解除債務問題，現在卻要幫人立債嗎。這時艾莉莎搖搖頭說：

「不是這樣的。他們說商行已經拒絕借錢，現在只能向教會求救了。」

「……」

一時答不出話，是因為艾莉莎說了件怪事。

雖然她接下的真的就是如字面所示的臨時職務，但祭司總歸是祭司。而且她也在解除薩羅尼亞的債務困境擔任了要角，說起話來應該是有配得上祭司頭銜的分量。

對困苦之人伸出援手乃是神之所望，只要艾莉莎願意，要說服教會借錢應該不是難事才對。

「難道是要我調查他們有沒有能力還錢嗎？」

艾莉莎的背脊總是又直又挺，盤實的頭髮在歷經整日勞動之後也不會散亂。

這樣的一個人，突然略顯駝背地說：

「不，這點也沒有問題。魚塭出狀況是幾年前就有的事，幸虧他們都很勤奮，現在靠獵鹿和製作皮繩等買賣，把生活給穩住了。薩羅尼亞是貿易要衝，束袋的皮繩再多也不夠用，好像其實不需要借錢。也就是說……」

艾莉莎往羅倫斯看。

總是剛強的她，竟是一臉的為難。

「我是想請你們『替教會找一個借錢給他們的方法』。」

艾莉莎忐忑的表情，像極了拚命地想用異國語言溝通的少女。

事實上，她也真的不曉得對方是否理解她所說的話。

「呃，我是說想請你們——」

「不，我有聽清楚。妳放心。」

聽他這麼說，還想解釋的艾莉莎便乖乖闔上了嘴。

然而句子是聽懂了，意思卻難以理解。

「那個村子的人不是要錢嗎？」

沉默之中，赫蘿說話了。

「汝等教會也想借錢給他們唄？不是一個願打一個願挨嗎。」

赫蘿表情略顯煩躁，是因為知道這理所當然的事並不理所當然，也就是事情不單純。

艾莉莎在心中推敲用詞似的手按胸口，深呼吸幾次後說道：

「我個人對村人想借錢的理由深感同情，認為教會有需要借他們這筆錢。可是──」

轉向羅倫斯時，表情是十二分地過意不去。

「可是教會並不鼓勵借貸行為，而且現在社會上還捲起了一股匡正教會惡習的風潮。」

艾莉莎臉上的歉意，是來自她沒有指責羅倫斯他們的意思。

赫蘿露骨地別開了臉，是因為寇爾和繆里搖撼了教會，在世界各地都掀起了漫天塵埃。

即使清理積弊已久的教會是一件義舉，但世上有太多只講漂亮話所無法解決的事。教會歌頌清貧，自己卻收受大筆捐款而油水橫流的矛盾就是最明顯的例子。

因此這陣子教會在金錢話題上動輒得咎，看起來一點問題也沒有的事也會惹來質疑的眼光。

而這樣的社會風氣，與寇爾和繆里的存在實在脫不了關係。

「話是這麼說沒錯，但既然那是正當行為，借了也不會怎樣吧？只要利息合理，就沒有違反教規的問題了不是嗎？」

可惡的是高利貸，聖經也教導人們即使是借住一宿也應當報恩。神學家也曾對此表示，借錢回禮是神也允許的事才對。

「就只是默許而已。這裡的主教很擔心要是出了差錯，這件事會成為眾矢之的。」

倒也不是無法理解。

「而且那個村子的狀況並不緊急，借錢恐怕會惹來不必要的懷疑。」

「就當是這樣而不敢借好了，那想借又是為了什麼？汝剛不是說養魚的那些人並不愁沒錢嗎？」

艾莉莎看了一眼出聲質疑的赫蘿。

然後視線轉回前方，因為教堂已經到了。

「不妨就用你們旁觀者清的耳朵來自己判斷吧。」

會是因為村民的請願，說得像唱戲一樣動聽嗎。

況且，艾莉莎和赫蘿認識很久了，知道她的真面目。

「想借用咱的狼耳，要拿冰冰涼涼的啤酒來換喔。」

赫蘿的耳朵能分辨謊言。

艾莉莎嘆著氣垂下雙肩，向教堂走去。

抵達薩羅尼亞教堂時天色已泛紫，城中各處點起篝火。教堂也作完晚禮拜，原以為早就打烊了，結果門扉大大敞開，幾名婦人聚在裡頭。

「啊，他們來了！」

一名頗有福態的婦人注意到羅倫斯幾個來到，伸手指著他們大叫，教堂裡的人立刻蜂擁而出。樣子粗手粗腳，不像是城裡人。

羅倫斯看得是一頭霧水，赫蘿也不解地往艾莉莎看。

艾莉莎清咳一聲，大聲說道：

「我把解救薩羅尼亞困境的大商人帶來了！把路讓出來！」

「喔喔，大商人！」

「就是您啊！」

「謝天謝地！謝天謝地！」

眾人見到聖人降臨般圍上來，擠到艾莉莎要動手撥開人群才能前進。

羅倫斯想起當年在市場要動粗才爭得到貨的時光而樂在其中，對這種事特別敏感的赫蘿則是一陣錯愕，有點害怕的樣子。

於是羅倫斯摟著赫蘿的肩膀，跟在艾莉莎背後進教堂。

門後，祭壇所在的中殿裡有群男人各以各的樣地坐在禮拜用的長椅上。「各以各的樣」不是比喻，有人在算麥子，有人在磨大砍刀，有人打赤膊修整衣物，連山羊都進來了。

「拜託！不是說過不准帶山羊進來嗎！快綁到後面去！」

被艾莉莎一罵，一個山羊臉的男子連忙將三頭山羊牽出去。

艾莉莎嘆氣時，主教從通往裡頭房間的走廊探出頭來招招手。

「艾莉莎小姐，這邊。」

羅倫斯他們和艾莉莎隨之走去，聚在教堂前和中殿的人們也陸續跟上。

來到某個廳室的門前後，艾莉莎轉身說：

「其他人請在這裡稍候。」

強硬的語氣使人們像鴨群一樣停下，連聲埋怨的樣子也像極了鴨子。機靈的主教也在這時開門讓羅倫斯幾個進去，艾莉莎把人推出去以後關上門。

人的熱氣總算隔絕，得以喘一口氣。

「到底是怎麼一回事？」

赫蘿作了惡夢似的在羅倫斯懷裡這麼說之後，坐在廳裡長桌邊的人站了起來。

「我們村裡的人給各位添麻煩了。」

那是個貌似十分正經的矮小白鬚老人。從那句話，能聽出他或許是村長之類。

「村長您別擔心，他們都很規矩的。」

不愧是在因貿易而繁榮的城鎮作主教，他面不改色地這麼說。

「感謝主教這樣包容我們村的人。原本是不想帶這麼多人來的……」

「請別在意。在這裡，我們把神的羔羊都當作自己的家人看待。」

說漂亮話是主教的工作，實際打掃教堂的可是艾莉莎。她像是想起進了中殿的山羊，一臉強忍頭痛的表情。

「對了，這兩位是……？」

「啊，這兩位就是向您提過的拯救了薩羅尼亞的商人。」

突然成為話題主角的羅倫斯趕緊擺出商業笑容。

「喔喔，就是他。幸會幸會。」

老人恭敬地鞠躬，作自我介紹。

「我叫蘇爾特，是拉登主教區一個小村的村長。」

「我是克拉福．羅倫斯，這位是內人赫蘿。」

聽他這麼說，蘇爾特他鄉遇故知般臉上滿是安慰。

「羅倫斯先生，您的機智實在教人佩服。能得到如此人物的幫助，我實在不知道該如何感謝才好。太謝謝各位了。」

羅倫斯不曉得他聽說的版本加油添醋了多少，只能曖昧地陪笑。

「那麼，貴村需要怎樣的幫助呢？」

名叫蘇爾特的村長一如羅倫斯所預料，是以養殖鱒魚聞名的村莊之長。

先前艾莉莎說教堂這邊也想借錢給他們，但目前礙於世情，不方便說借就借。所以想借助商人的智慧，找個能光明正大借出這筆錢的方法。他們幾乎整村的人都來了，一定是有相對的緣由。

羅倫斯一開始以為他們是魚塭覆滅，日子過不下去才需要借錢，然而事情並非如此。中殿那些男子雖然蓬頭垢面，跟城裡攤販買的小吃和手上工具的品質卻都還不錯。

生活不至於困頓的村民想借錢做什麼，教會又為何這麼想幫這個忙呢。

蘇爾特在羅倫斯的注視下端正姿勢，如此說道：

「我們借這筆錢，是為了讓拉登大人成為主教。」

羅倫斯腦裡第一個冒出來的是「買聖職」這個字眼，這時主教插話了。

「村長，這樣說有點語病。」

然後他轉向羅倫斯，露出商人的笑容。

「總之，各位先坐下來說吧。拉登主教區的事情有點複雜。」

主教的話聽起來頗為可疑，使羅倫斯不禁往艾莉莎看，用視線問她拿錢讓人領高位聖祿，不就是教會飽受社會抨擊的惡習之一嗎？艾莉莎為人樸實嚴謹，剛正不阿，堪稱聖職人員之典範，應該不會縱容這種事才對。

羅倫斯這樣想並不是出於潔癖，而是不想傻傻地誤上賊船。

而艾莉莎面對羅倫斯的眼光，竟以格外堅定的視線注視回去。

「聽了以後你就明白了。」

看來這件事並沒有牴觸艾莉莎的道德觀。

一臉懷疑的赫蘿也熟知她的為人，意外地眨眨眼睛。

「……那好吧。」

羅倫斯點頭說道：

「就麻煩您說明了。」

羅倫斯和赫蘿就此在自稱村長的蘇爾特對面坐下。

「我們村莊所在的拉登主教區，完全只是這地區的俗稱而已。」

蘇爾特開頭便這麼說。

「拉登大人把山裡那塊貧瘠的狹小土地開闢成適合人居的地方，親身實踐了神之教誨，非常偉大。他時時刻刻引導著我們，就像我們全村的父親一樣。因為有這樣的事蹟，人家才把那裡稱作拉登主教區。」

有一大把鬍鬚的酒館老闆經常被人稱為某某閣下，也是出於相同道理吧。羅倫斯旅行了那麼多年，倒也不是沒聽說過有那種俗稱的土地。

「拉登大人有領正式的聖祿嗎？」

主教回答了這個問題：

「根據薩羅尼亞留存的紀錄——」

他清清喉嚨，以一句奇怪的話提詞。

「拉登大人大約是在四十前之前，在這地方已經不在了的教堂行代理職務，現在的土地是當時的貴族捐贈的。因此，並不是有領聖祿的聖職人員。」

「已經不在了的教堂」這拐了彎的用詞讓羅倫斯差點笑出來，幸好及時忍住。說穿了，拉登這號人物當初很有可能謊稱自己是教會人員才能獲得捐地。

「但是，拉登大人的作為拯救了很多人。」

主教回答羅倫斯心中所想似的說：

「說到四十年前，就連這薩羅尼亞都還是抗戰異教徒的前線。大事記也有記載，說當時情況非常混亂，然後拉登大人出現，在住不了人的山上挖池養魚，收容因戰火流離失所的人。甚至有紀錄表示當時河裡堆滿屍體無法捕魚，人們都是靠拉登主教區的魚撐過來的。」

「原來如此。」

難怪艾莉莎會願意幫這個忙。

這時，蘇爾特憋不住了似的插嘴說：

「我們家就是就是被戰火燒沒的。當時我只是才剛結婚的小伙子，就這樣帶著老婆和還在喝奶的孩子，抱著最後希望去找傳說中的拉登主教區。燒焦的衣袖都還在冒煙的我們，拖著疲憊不堪的身體趕到村口時，拉登大人立刻丟下正在編的網跑來迎接我們，那個情景我到現在都記得很清楚。他是神派來人間的天使啊。」

蘇爾特緊抓胸前的教會徽記禱告似的說。

見到這神情，羅倫斯緩緩吸氣，嚥了下去。那麼多村人來到教堂，是因為他們都有類似的遭遇，最後被拉登所救吧。藉此也能看出拉登做了那麼多善事卻從來不是個正式的聖職人員，讓村民們非常難以忍受。他們是急著想見到拉登獲得應有的認可，在村子裡坐不住才一路跟來薩羅尼亞的。

不過申請聖祿總是與賄賂掛勾，想讓他成為主教，他們想不到用借錢疏通以外的方法。

羅倫斯窺視主教想確認自己的想法，而對方有所領略地點點頭。

「就算能行，主教職位的授與令，也將是由聽聞過拉登大人之虔誠的教廷直接頒布。所以這筆錢並不是用在羅倫斯先生所擔心的……賄賂上面。」

往艾莉莎一看，她默默點頭，指了指表示祭司的聖帶。艾莉莎是個早已結婚生子的女性，卻仍獲得了祭司職位。教會被改革之風吹得團團轉而急需人手，便對艾莉莎這樣的能人打開了機會之門。

會看上拉登，也是想藉由提拔出名虔誠的人物來拉攏人心吧。

這麼說來，有件事就讓人不解了。

「那麼這筆錢究竟要用在哪裡？」

聞問，蘇爾特重嘆一聲。

「拉登大人想成為主教，就必須親自到教廷所在的南方國家走一趟，說是至少要花上一年的時間。」

羅倫斯一時以為是需要路費等盤纏，但那種錢在城裡募捐就應該湊得到了。

「拉登大人聽說了這件事就拒絕了，說他不能離開村子那麼久。在魚塭能重新開張之前，他不能丟下村子不管。」

想必是個滿懷責任感的人物。

但讚嘆的羅倫斯止住差點點下去的頭，問道：

「那個……之前不是說村裡不只是靠養魚過活，還會獵鹿製作加工產品嗎？就算不養魚，日子也過得下去不是嗎。」

蘇爾特眼神悲哀地看著羅倫斯說：

「你說得沒錯。我們一直在接受拉登大人的恩惠，想盡可能減少他的負擔，於是從魚塭出現病兆之前就在努力尋找能代替養魚的生財之道。結果大概是上天保佑吧，山後瓦蘭主教區的林子長回來，讓很多鹿出現在我們村子附近。現在可以用鹿肉和製作皮革、皮繩賺錢，日子過得很不錯。」

瓦蘭主教區從前因為挖礦而將整座山砍禿了。

但是在松鼠化身譚雅努力不懈的造林之下，山頭又恢復了綠意。

連接了一片片土地的前旅行商人羅倫斯聽說如此土地互相潤澤的事，高興得不得了，提醒自己一定要告訴譚雅。

「所以我們覺得，這件事簡直是上天給我們的機會。這樣拉登大人能暫時放下村裡工作休息一陣子，他的虔誠信仰又能獲得世間認可，成為主教，便用盡全力勸拉登大人接受。不過大概是我們太沒出息，大人說魚塭的事穩下來之前他不能離開村子，堅定拒絕了。」

「所以是需要重建魚壚的資金。」

蘇爾特沒有點頭，但也沒有否認。

「我們想要的，是足夠讓拉登大人放心離開的錢。」

「……」

他們是認為魚壚事業不太可能捲土重來了吧。羅倫斯也覺得養殖這種行業很容易因為傳染病而轉眼化為烏有，最好不要過度依賴。

然而，他已經深刻認同他們的動機了。不用看赫蘿的臉，也能明白他們是打從心底只為拉登著想。

以及艾莉莎和薩羅尼亞教堂為何願意、希望幫這個忙。

另一方面，不曉得該用什麼名義借錢仍是事實。

原本這種事跟城裡商行開口就行了，可是現在提要讓拉登成為真正的主教這種事，無論哪家商行都會卻步。

現在這個人們對教會相關事務愈盯愈緊的時勢是最大原因。

再來這牽涉到一筆將左右一個村莊全年經營狀況的金額，這就夠嚇人的了。

借錢給有權勢的人是非常需要勇氣的事，沒人知道對方會用什麼手段倒債。這種狀況在教會人士身上特別顯著，一句「不是說好是捐獻嗎？」就完蛋了。

這使得他們只能找教堂借錢，而借了錢之後村中主幹即成主教的事若留下記錄，很容易被人懷疑是用來賄賂的黑錢。

外表看起來完全是有罪的樣。

「怎麼樣啊，羅倫斯先生。我們薩羅尼亞教堂是很想助拉登主教區的各位一臂之力。」

主教對羅倫斯這麼說。

「我詢問這位艾莉莎祭司能否請她借助您的力量之後，她也表示其中若無不當，就一定能得到您的幫助呢。」

而艾莉莎也認為並無不當，只是有點問題。的確是這樣沒錯。

「不當……關於這點，總之就是不留下村子與教堂直接借錢的記錄就好了吧？」

「對。好像在盤算什麼壞事一樣……」

「別這麼說。鬍子頭髮這種東西，不能因為它自己會長就不去修整嘛？帳簿也是一樣。」

艾莉莎露出不知該不該笑的困惑表情，主教則是笑得很大方。

「那麼，羅倫斯先生……」

「好的。雖然我不是一定想得出辦法，但我一定竭盡所知去想。感覺上，可以用匯票的方式處理。」

「喔喔！」

主教喜出望外，蘇爾特也睜大眼睛站了起來。

「那個，我只是幫忙而已，還沒有想到完善的方法。」

見他們高興成這樣，羅倫斯連忙強調。

不能假造金流，又不能讓村子與教堂連上線。

商人遇上這種狀況是有幾種應付方法，但這次需要多下點工夫。

「是，我當然明白。不過您漂亮解決了城裡的債務問題，這次相信您也一定會馬到成功。」

主教說得比唱得還好聽，讓羅倫斯笑得像抽搐一樣。

「我得趕快告訴村人這個好消息。他們都等不下去了吧。」

蘇爾特說完就繞過桌子，雙手緊握羅倫斯的手，也對一旁赫蘿鞠一個躬。不過那模樣卻使羅倫斯心中閃過一絲不安。工作接是接了，但似乎遺漏了些什麼。

他不是擔心如何借錢這種技術性問題，而是更根本的……

羅倫斯怎麼想也想不通，悶著頭注視蘇爾特離開房間。

就在對方手扶上門板的那一刻——

「嗯？」

赫蘿出了聲，接著門後突然喧鬧起來。

蘇爾特也疑惑地對門貼近耳朵，往羅倫斯他們看。

而他心裡似乎已經有數。

「我們村的人不知道在吵什麼，我馬上要他們安靜——」

就在這一刻。

「請留步！」

「等一下啊！」

有人這樣呼喊。

「等等啊，拉登大人！」

幾乎在羅倫斯瞪大眼睛的同時，門打開了。

「拉登大人？」

頭一個叫出來的是蘇爾特，剎那間羅倫斯也發覺自己究竟漏了什麼。現在，他對拉登主教區村莊的成立經過、現狀、蘇爾特等人的動機以及他們對拉登的心意，都有了一定的了解。

但是，他們沒提過一件事。

那就是拉登本人的意願。

「蘇爾特！你竟敢把我丟在村子裡！」

聲音宏亮得像頭熊，可見不是個終日思辯禱告，過著隱士生活的老人。雖然穿的是修士的服裝，光禿禿腦袋上的皺紋深得像鑿出來的，體格又高大，活像個巨樹精。從他手上唯有長年日夜幹粗活才會有的厚繭，能看出他工作態度是多麼堅忍不拔。

與其說拉登是個虔誠的聖職人員，更像是個重情重義的工匠。

而這位拉登正以一副想罵人又欲哭無淚的複雜表情，試圖甩開急著拉人的村民。

「拉登大人，您怎麼來了……」

蘇爾特回話後，一名少年從死命掙扎的拉登身旁探出頭來。

「爺爺你還問，你們想瞞著拉登大人自己談那件事對不對。」

「波姆！人是你帶來的嗎！」

「突然叫我跟拉登大人去採野菇，害我愈想愈奇怪，我們就騎爺爺的馬趕過來了。」

什麼都問了，就是忘了問拉登本人對借錢讓他能夠放心離村的事怎麼想。

而答案十分明顯。

「蘇爾特，村長是你沒錯，但我也不是什麼命令都聽的！」

「拉、拉登大人！我怎麼敢命令您呢！我們是為您著想才——」

「夠了，蘇爾特你少耍嘴皮子，跟我回村子去！還有魚要顧呢！」

「拉登大人您聽我說！我們是為了您和村子著想才來的啊！」

村人們拚命想攔住拉登，可是他腰一扭手一抬就把一個壯漢像小貓一樣拎起來甩，看得蘇爾特都快哭出來了。

而且那個背叛他們，將拉登帶來的小男孩波姆還在幫他的忙。
能說善道的主教在這種時候卻變得結結巴巴，突來的亂象逗得赫蘿哈哈大笑。
就在羅倫斯暗嘆「什麼跟什麼啊」時——
「都給我停下來！」
有人拍桌子了。
抓住眾人視線後，艾莉莎兩眉倒豎地罵：
「教會是神的居所！無論如何都不許這樣大吵大鬧！」
魄力強到只憑聲音就撼動瀏海，說不定平常就是把三個男孩和丈夫整捆一起罵的悍媽。
不僅是拉登和蘇爾特，波姆當然也瞪大了眼，其他村民也都一樣。
「不知道神隨時都在看著你們嗎！丟不丟臉啊！」
那怒罵像條鞭子一樣掃過去，男人們都縮起了脖子。
在鴉雀無聲的廳室裡，只有赫蘿嗤嗤竊笑。
羅倫斯嘆口氣說：
「蘇爾特先生，先帶主教和其他村人到其他房間吧。」
蘇爾特有話想說，卻被兩手叉腰的艾莉莎瞪得像個小男孩般吞了回去。
「拉登大人……還有這位波姆小兄弟，兩位請跟我留下。」

拉登年紀大到足夠當波姆的祖父，兩人卻是能互相對看的忘年之交。

「好了，趕快動起來！」

艾莉莎一聲令下，人們如羊群般陸續動身。

蘇爾特放心不下地回望拉登，而拉登雖有注意到，卻沒有多看他一眼。

艾莉莎以喉嚨吼得很痛為由拿了瓶酒來，為每人斟上。

拉登將他巨大的身軀塞進小小的椅子裡，盯著酒不說話。

「我名叫克拉福・羅倫斯。」

羅倫斯先自報姓名。

拉登果然是個講規矩的人，跟著抬起頭——

「……拉登。」

短短說了兩個字。

「這名字挺少見的，請問是家名還是……？」

「拉登大人就是拉登大人啦。」

插嘴的是小男孩波姆。

「我叫波姆，蘇爾特是我爺爺。」

赫蘿一眼就喜歡上了這個不怕生的波姆，看他問怎麼他沒酒而被艾莉莎罵，笑得很開心。

「那麼，羅倫斯先生你是爺爺那邊的嗎？」

波姆直截了當地問。

儘管是爺孫關係，他做的仍是違背村長意思的事。

「我現在還沒有站在誰那邊。」

「你不是跟教會勾結，要照爺爺的話去做嗎？」

「他們請我幫忙，所以原本是那樣。可是現在事情比較複雜，需要聽聽你們的說法，我才會請蘇爾特先生他們退避一下。」

波姆盯著羅倫斯看了一會兒後「哼」一聲別開眼睛。

「村長是要跟教堂借錢嗎？」

拉登終於開口，羅倫斯點頭回答：

「看來不是全村一致通過呢。」

「……」

拉登又沉默不語，換波姆代言。

「除了拉登大人和我們這樣站在他那邊以外的人都贊成。」

大概能了解村裡狀況了。

「爺爺說他要去城裡賣東西，卻弄得好像要把我跟拉登大人趕去山上一樣，感覺很不對勁，結果回到村子以後就聽說大人幾乎都到城裡去了。」

「所以騎馬趕過來？」

「對呀，拉登大人一個人不能騎馬。」

波姆手執韁繩，後頭載著拉登的畫面怪到很滑稽。

「借錢的事，希望你能當作沒發生過。」

拉登如是說。

「我們村從沒借過一毛錢，以後也不需要。」

「可是蘇爾特先生說，您很憂心村子的營運狀況，所以想借一筆錢化解這個疑慮。」

「……」

拉登沒回答。

「您的疑慮，是來自養魚不順嗎？」

拉登不承認也不否認，只是盯著酒杯。

「我覺得養魚會出問題，其實都是鞣皮造成的啦。」

波姆不掩怒色地插嘴。

「不要再去弄那些鹿皮就行啦。這樣我們就能重放魚苗，讓村子回到以前那樣。」

鞣皮的確是會造成汙水。羅倫斯往赫蘿瞥一眼，看她是否贊成到村子調查鞣皮是不是魚生病的原因。

不過拉登先看向波姆說：

「應該跟鞣皮無關。村長他們把水分得很清楚。」

「可是——」

拉登只憑視線就讓還想反駁的波姆閉上嘴。

「我是有疑慮沒錯。」

拉登接著轉向羅倫斯。

「獵鹿……對，很不穩。我想讓村子回去養魚。」

這木訥的說話方式，宛如森林的樹精。不過真正的林中仙子就在他身邊，兜帽下的耳朵似乎稍微動了一下。

「而且，主教這種稱呼不適合我。」

「怎麼會呢。」

說話的是艾莉莎。

「就我聽說的那些事，這世上多到氾濫的聖職人員幾乎都沒有您稱職呢。」

艾莉莎黑即是黑，白即是白的說話方式有種特殊的氣魄。

拉登似乎有話想說，但支吾地作罷了。

艾莉莎對這樣的反應顯得有些難耐，繼續說道：

「我經常受人請託，到各地教堂去整理帳簿。無論哪一所教堂，主教的經歷都寫得輝煌顯赫，但他們絕大多數連經文都唸不出來，錢怎麼用也全是瞎掰。我一直很希望能有個真正恪守教律的人成為主教，一掃那些人造成的歪風。」

這話使拉登苦笑著閉眼說：

「聽得出來妳對神是非常地忠貞。能得到妳這樣的讚美，可以證明我沒有走錯方向，不枉此生了。」

他雖有一副靠蠻力排除萬難的外表，遣詞用字卻像是個純正的聖職人員。

「我是認真的。」

拉登聽得睜圓了眼，討救兵似的往波姆看。

「看來大家都太抬舉我了。」

「拉登大人……」

波姆埋怨的口氣使拉登嘆了口氣。

「你叫羅倫斯是吧，我叫拉登，就只是拉登。我在小時候就拋棄了家鄉，差不多就是波姆那麼大，算一算已經有四十年了。知道我本名的人，恐怕都不在世上了吧。」

長年在外幹粗活，會造成獨特的皮膚，就像是藉汗水、塵埃與太陽鞣出的特製皮雕。拉登的禿頭與雙手即是來自於此，而他正注視著這樣的手說：

「我的故鄉是拉德里的一個小破村。拉德里你應該聽說過吧？」

拉登所說的國名使羅倫斯不禁倒抽一口氣。

「我知道……您竟然是從那麼遠的地方來的啊？」

身旁的赫蘿歪起頭往上瞧來。

「那個……對了，我以前不是提過會吃冰配蜂蜜跟檸檬的貴族嗎？那就是拉德里，一個四季都和夏天一樣炎熱的沙漠國家。」

「哈哈，汝的確說過這個夢幻的點心。」

想從薩羅尼亞前往拉德里，非得到西方海岸搭船不可。

若走陸路只需要花費一半的時程，但中途有嚴峻高山阻隔，強行翻越恐怕會丟掉小命。

而無論海陸都起碼得花上三個月，耗上半年也不是不可能。

到了大陸南端，遇上溶化了寶石般色調溫暖的大海以後，還要搭船渡過幾個小島才能踏上對岸的土地。

拉德里就是那麼地遙遠，羅倫斯也只聽過名字而已。

「拉德里……所以才叫拉登嗎。」

相信在這一帶，不管找再久都找不到來自拉德里的人。他不期望任何人能否分辨他的本名，於是以故鄉的國名為名。

同樣漂泊過的羅倫斯，多少能體會那樣的心境。

「我出生的村子窮到吹口氣就會倒，而且暖海裡都是鯊魚，想捕魚也捕不到多少。那個村子……這裡是怎麼說的，主要是靠打撈海裡的寶物過活的。這種東西是少之又少，一年能否收穫一次都很難說，簡直跟海盜一樣。」

來自大海的寶物，最知名的就屬被暴風雨打上岸的琥珀了。若拉登當初真的成了海盜，如今八成是個令人聞風喪膽的海盜團頭子。

「後來連續三年都沒收穫，村子就滅了。我從此獨走天涯，想看看大海另一邊長什麼樣就裝成槳手混上商船。撈寶讓我練出一雙粗壯的手臂，很受人器重。」

槳手是甚至會當作刑罰的重勞動，拉登的體魄想必就是那時練成的。

「後來我船一艘換一艘，周圍不知不覺變成一片天寒地凍。當時教會和北方的異教徒戰況激烈，每艘船都會有幾個滿腔雄心壯志的聖職人員，我就是在那時候接觸神的教誨的。」

「您也是在那時來到這裡的嗎？」

「嗯？對，沒錯。我跟著一個……或許能稱為師父的人前往戰地，可是以前這一帶死傷慘重，我沒法再前進了，也沒法拋下從我們想去的那邊逃過來的人。」

拉登是因為村子沒了才離開故鄉的人，難怪無法棄之不顧。

「師父離開之際，將現在這個村子的土地權狀留給了我。他是個講起道來連小鳥都會聽得入迷的人，才能給得那麼輕鬆吧。」

知道拉登不是靠手段取得土地，讓人鬆了一口氣。

「於是我決定要死在那裡，為失去故鄉的人建立一個新故鄉。我發誓要為它奉獻一切，挖開布滿落葉的水窪，造了蓄水池。」

「為什麼是挖池子吶？」

赫蘿像是憋不住了，開口問道。

不過羅倫斯也很好奇他為何會決然選擇養殖鱒魚。

這問題使拉登有些靦腆地說：

「那是來自我最先記住的聖經故事。神將一個餅和一條魚分給飢餓的民眾，一個人將餅掰成兩半，一半分給鄰人；另一個人將魚切成兩半，也分給鄰人。最後那一餅一魚就這樣填飽了上千個飢民的肚子。」

餅與魚原是「鄰人愛」的借代表現，拉登卻將它付諸實行。

「從戰火倖存的人一個又一個流落到那塊土地，聽說消息的人也來了。照顧魚和擴大魚塭

這種事，女人和小孩都能做。最後大夥團結一心地奮鬥，養出了每年都要滿出來的漁獲。我小時候，作夢都不敢夢到那麼多。」

「我們的鱒魚是極品喔！羅倫斯先生，你們有吃過嗎？」

對於波姆這問題，羅倫斯只得搖頭。

「我們是今年年初才到這裡，聽說吃不到以後難過死了。」

「啊……」

拉登對十分遺憾的波姆微微笑，繼續說：

「後來經過了很多事，轉眼就是四十個年頭。當年真的是火燒屁股的蘇爾特懷裡的嬰兒都已經長大生子，現在還長得這麼大了。」

在拉登的注視下，波姆難為情得噘起嘴唇。

「我只是遵循神的教誨過活，沒有成為主教的意思。我會繼續守護那個村子，死在那個村子裡。可以的話──」

拉登仰望天國般望向天花板。

「我希望能葬在魚塭邊，讓那裡長出一棵大樹，吃得圓滾滾的鱒魚都聚集在樹蔭底下，直到永遠。」

垂下視線的拉登淡淡地說：

「我只想要那麼多。」

拉登老當益壯的聲音，反而使遲暮之人的悲涼更顯濃厚。

一旁赫蘿也垂著頭，緊握擺在腿上的手。看似灑脫的她，有著一顆對這類話題比誰都脆弱的軟心腸。

「那麼，假如村人真的借來了一筆成天玩耍也餓不死的錢呢？」

拉登對玩笑口吻的羅倫斯乏力地笑了笑。

「我一樣不會到教廷去，我沒必要離開那座村子。」

赫蘿兜帽下的耳朵似乎又動了。是被拉登絞盡全力也只有一點點的願望打動了吧。

羅倫斯看了看赫蘿，回答：

「我明白了。」

拉登注視羅倫斯片刻，默默低下了頭。

拉登主教區的人們沒想過如何過夜就殺來薩羅尼亞，主教便讓他們在教堂借宿一晚。若那真是神之慈悲的體現就好了，但八成是主教本來就是不拘小節的人，隨口就答應了。個性認真又負責善後的艾莉莎可就悶了。

「事情好像變得不太對勁了……」

送羅倫斯他們離開時說的話，令人心生疑慮。

「不會啦，總比事情進行到一半才出問題好多了。」

頑固的拉登，與太過崇敬拉登而操之過急的蘇爾特與村民。

這不是能講道理的事，沒有絕對正確的答案。羅倫斯只希望結局沒傷到任何人，幾年後大家還能拿出來笑一笑。

「明天我再來看狀況。」

「麻煩二位了。我會盯好主教，不讓他拿酒出來。」

主教不是個壞人，但從他之前在債務問題上想用收押商人來解決，看得出他思慮並不深遠。

「那麼，請好好休息。」

「晚安了。」

艾莉莎語氣略顯疲憊，稍駝著背返回教堂。

待餘韻散盡，羅倫斯往身旁的赫蘿看。

「現在回旅舍，妳也不會這麼早睡吧？」

昨完赫蘿為了挑慶典用的蒸餾酒，試喝到醉成一灘泥。

上午當然爬不起來，到了中午都還在呻吟，日影歪斜才總算恢復神智，晚餐只吃了幾條沙丁魚和一點湯。而現在城裡即將收市又在準備慶典，是一年中最熱鬧的時期。

現在街上又比白天更來得喧噪，到處都是笑鬧的酒客。

「嗯嗯，咱想吃肥滋滋的肉。」

「好好好。」

羅倫斯謹從上意，走進附近的酒館。

看著赫蘿大啖羊肋排的羅倫斯，小啜一口啤酒。

在農產品齊聚一堂的秋季大市集上，不只城裡的酒莊會展售自己釀的啤酒，還會有外地釀酒師帶自己的釀造鍋和密傳工法來到這裡大展身手。羅倫斯現在喝的酒，據說就是用果樹木片煙燻過的大麥製成的，有種淡淡的果香，非常順口。

要是不盯著點，赫蘿恐怕會一次喝掉一整桶。

「妳覺得我應該幫哪邊？」

「嗯？」

赫蘿用啤酒洗去滿口羊脂，用堆起白色小鬍子的臉看過來。

「只論道理的話，我應該像商人那樣只看天平往哪邊倒啦。」

蘇爾特和拉登這件事，似乎無法用道理擺平。

「還是我根本不該插手？」

外地人自以為是地亂搞，反而容易使事情惡化。

之前的債務問題，只是湊巧適合讓外地人處理而已。

不過他們之間問題明確到甚至能抓在手裡，而且不像是能夠自力解決的事。

「汝是為什麼想幫他們吶？」

赫蘿對匆忙送餐的酒館女侍搖了搖她舔乾淨的羊骨。

「因為我覺得怪可惜的。」

「可惜什麼？」

赫蘿把配料裡的炒豆啃得嘎吱作響，表情很意外。

「就像看到一個商人來賣頂級羊肉，可是他不懂行情，也不知道他的羊肉比別人好，想便宜賣給什麼都大鍋燉的小攤販一樣。」

「笨死啦！好羊肉就要配上好香草，像麵包那樣慢慢烤出來呀！燉是用來煮碎肉的！」

「妳看，懂的都會想說句話吧？」

赫蘿聽了點點頭。

「那就是這種情況？」

「就是啊。雖然土地來源可疑，拉登仍將它開墾成一個名聲響亮的村莊。沒有聖職人員身分的他被人尊稱為主教，後來有一天，教廷竟然有意要提拔他作真正的主教了。這教我是要怎麼拒絕呢？」

主教可是個高得不得了的職位。原本是要先修習所謂博雅教育的學業，然後修習高階教會法並服侍教會，從助祭開始一步步踏上晉升的台階才到得了的地位。

而且這光憑虔誠還不可能達成，必須滴水不漏地到處疏通，還要給各級上司豐厚的謝禮，不然一關都過不去。

面對這個可以省去一切麻煩的機會，拉登卻斷然拒絕，任誰都會大嘆可惜吧。

「說不定他是根本沒興趣。寇爾小鬼也很愛聖經，但他也不是想當教會大人物的人唄？」

「我覺得那已經不是喜不喜歡的問題了。當上主教以後，那個村子就會成為真正的主教區。愈是為村子著想的人，就愈明白那實際上有多大利益才對……」

「嗯……」

不知赫蘿是不懂羅倫斯的話，還是窺見了廚房裡正從烤爐拿出大塊羊肉，反應很淡。

「這裡的主教也說過了，拉登主教區用的是代理已經不存在的教堂而得來的權狀。要是有哪個貴族後代主張自己才是土地的主人，聲稱他們詐欺，我就沒轍了。」

「這……有道理，的確有可能。」

「如果是有正牌主教的主教區，遇上這種危急時刻，教會都會出手相救。除非貴族這邊夠堅決，不然是拿不回土地的。和周邊地主起爭執的時候也都是這樣。」

當羅倫斯說到這裡，用蝴蝶結將紅髮束起來的活潑女侍碰一聲送上現烤的羊肉。

赫蘿順道請她續酒，拿刀子在肉上劃出一條線。

「這邊是咱的。」

當場實地展示爭奪領土是多麼困難。

「而且假如未來村子經濟出問題，薩羅尼亞教堂也比較容易出手。同樣都是教會組織的一員，不問理由就送錢過去也不會有什麼問題。」

「這咱也懂。還在跟汝到處旅行的時候，光是吃汝付錢買的東西都會不好意思。當了太太之後，才終於沒有那麼客氣。」

「……」

羅倫斯用抽搐的乾笑回應，赫蘿則以可愛到可惡的笑臉回敬。然後開開心心地切肉，大口啃咬。

「總之，拉登成為主教以後會得到很多那方面的好處。就算他未來有個萬一，也不用那麼擔心村子會過不下去。」

赫蘿嘎吱嘎吱嚼著軟骨，油也不擦地問：

「應該也有壞處唄？」

不愧是賢狼。

「有啊。納入教會組織，教會以後就會另外派人來繼承拉登的位子。」

「嗯，有惹來麻煩精的疑慮吶。」

「拉登會不會就是在擔心這個呢。」

那是他一手拉拔起來的村子，讓外人跑進來擺出一副以首領自居的嘴臉，感覺一定很嘔。

羅倫斯這麼想著，將赫蘿切的較小的肉切得更小送進嘴裡。油脂豐富的羊肉是愈嚼愈香。

「話說，妳在聽拉登解釋的時候有注意到些什麼吧？」

聽他這麼問，蜷著身子啃帶骨肉的赫蘿保持那姿勢抬眼看來。

「沒什麼大不了的。他不是說獵鹿不穩定，想讓村子回去養魚嗎？」

「那是騙人的？」

赫蘿聳起瘦小的肩，轉動手上光溜溜的骨枝看了看，往殘存的一小塊筋咬下去。

「照汝等那樣說來，鹿是獵得很順利的樣子。那頭大笨驢是不喜歡獵鹿唄。」

聽她的語氣，彷彿是想保持距離。給人並沒有特別想掩飾，但不願觸及核心的感覺。

思考為什麼時，拉登的話浮現腦海。

「拉登在山上挖魚池，會不會不是因為能賺錢，而是紀念消失了的故鄉呢？」

他說他是受到最先記住的聖經章節感召，然而這樣就挖魚池似乎不太自然。

赫蘿沒有立刻回話，咔咔咔地啃了幾下骨頭才嘆道：

「咱不懂人心。」

赫蘿說得像放棄了思考，但羅倫斯能夠體諒她的心情。

她從前是和同伴居住在名叫約伊茲的土地，某天心血來潮就離開故鄉，以為很快就會回來結果到處流浪，在因緣際會之下成了小村帕斯羅掌管麥作豐收的神。然後老實的赫蘿只因為遵守與某個村人的承諾，任勞任怨地守了幾百年。最後時光荏苒，赫蘿甚至忘了回家的路，過去的夥伴也在時間的洪流中消失了，再也沒有狼會回應她的長嚎。

現在，有個人在曾有此經歷的赫蘿面前想重建消失的故鄉。

從前挖個洞埋起來，當作眼不見為淨的問題就冒出來了。

不過羅倫斯雖能體諒赫蘿想保持距離的心情，有個問題他依然無法理解。

「可是這跟他當不當主教沒有關係吧……」

究竟是怎麼回事？

羅倫斯捧著啤酒思來想去，卻怎麼也整理不出頭緒。老實說，拉登拒絕主教一職是件非常不合理的事，但似乎也用不著責怪為此奔走的蘇爾特在教堂大吵大鬧。

拉登拒絕成為主教，會有更深的理由嗎。

想著想著，羅倫斯發現赫蘿在肉的另一邊一臉沒趣地看著他。

「嗯？怎、怎麼了，哪裡不對嗎？」

他先是以為臉沾上東西而摸了摸，又以為赫蘿將自己愛吃的肥肉切給他而往羊肉看。

這反應讓赫蘿不禁嘆息。

然後以猶豫了很久的樣子開口說：

「汝啊，咱覺得——」

赫蘿正想說下去，卻被一道大聲吆喝給打斷了。

「喔喔，這不是羅倫斯先生嗎！」

錯愕一看，原來是禿頭大白鬍，頂著一團大肥肚，簡直是畫中人物的老商人勞德。他是薩羅尼亞的債務風波當中，頭一個對羅倫斯幾個亮出匯票的商行老闆。

從那件事起，他已經完全把羅倫斯當商界英雄來崇拜。

「尊夫人今晚也美到不行啊。」

赫蘿平時是一誇就樂的人，但她現在是話說到一半被打斷，只是曖昧地笑了笑。

「我聽說嘍，一大堆拉登主教區的人殺到教堂裡來，然後你被找過去。是要談能不能讓拉登大人真正成為主教的事吧？」

蘇爾特已經找商行借過錢，事情早就滿城皆知了吧。

「是啊，他們說城裡的商行不肯借……所以就來找我了。」

羅倫斯語帶調侃，是因為勞德正是商行這邊的人。聽他話中有話，勞德拿著裝滿的啤酒杯聳聳肩。

「如果只是要捐點錢還無所謂……可是那金額不小，最近局勢又那樣。然後你也知道，就算拉登大人真的能當上主教好了，他的下一任才是問題，不是沒有倒債的可能。」

羅倫斯也考慮過這點，無論哪個商人都聽說過一、兩件這類真實案例。

「但是我們私底下也說，那裡真的成了主教區的話也是有好處。羅倫斯先生，你看起來是什麼感覺？」

「事情恐怕要讓您失望了……」

勞德喝口酒，同情地笑道：

「畢竟拉登大人自己沒什麼意願嘛。」

原來他連這也知道了。

「您覺得是為什麼呢？」

勞德潤了潤喝得發紅的眼睛，回答：

「嗯……這件事我也想不透。說道理的話，能一口氣升上主教，就像村姑突然被王子看上一樣。雖然一定有很多苦要吃，但既然人家都把王子妃的位子擺出來了，當然是先坐上去再說嘛？」

羅倫斯不禁發笑，這的確是個合適的比喻。

「總之，如果他答應了，勢必得離開村子一陣子。魚塭出狀況應該還是占了一部分原因。村長他們都忙著獵鹿跟加工，要讓魚塭復活就只能靠自己了吧。」

問蘇爾特是否想借錢重振魚塭時，他答得很含糊。

想必是認為現在獵鹿生意做得正好，回頭對困難重重的養殖業投注資金和勞力並不妥當。

「而且那個池子，不是拉登大人為了故鄉的理想大海而造的嗎？」

「果然真的有這層原因嗎？」

這原本只是羅倫斯自己的推測，聽勞德這麼說立刻引起他的興趣。

「那當然啊。原本就有池子就算了，他是特地挖洞弄出來的，是不是很感人啊。村長他們又何必管好不好賺，幫他完成心願不就得了。」

勞德說得很不滿的樣子，但下一句「那裡的鱒魚特別肥美啊」似乎才是真心話。

然而就算挖池和養魚真的是為了重現理想的故鄉，羅倫斯依然覺得有哪裡兜不攏。

「他的夢想已經成真過一次了吧？」

「嗯嗯？」

勞德反問。

「薩羅尼亞的大事記上也寫到，那裡的魚曾經多到滿池都是，解救了薩羅尼亞的飢餓百姓

之類的。」

「對喔對喔，那是我臉上還掛著鼻涕的年代。還記得，當時我覺得那是世界上最好吃的鱒魚呢。」

那麼究竟是什麼讓拉登依然執著呢。

「我順便問一下，村長他們沒打算乾脆把池子填起來吧？」

離家時擔心自己的私房錢，是在外工作的男性共通的煩惱。

聽見這猜想，勞德大笑起來。

「哈、哈、哈！哪會有那麼蠢的事！要是拉登大人自己不養魚，池水直接就用來鞣皮了。我看村長他們還會把拉登大人挖出的池子當作二度拯救了村子的奇蹟之泉，真的當神一樣拜呢！」

這樣說倒也沒錯。即使不再是拉登理想中的故鄉大海，池子仍能為村人所利用。

不過就是離村一年，辦理成為主教的手續罷了。而且聽勞德的口氣，村人不太可能趁拉登不在偷偷將那裡改成鞣皮場。

如此一來，成為主教以後再回來重振魚塭也猶未不可。

這時勞德的臉忽然湊近苦思的羅倫斯，吐著滿口酒臭賊兮兮地說：

「其實我們都在猜，拉登大人說不定就快完成他第二個夢想了。」

「咦？」

「你看嘛，拉登大人的故鄉不是會去採海底的寶石嗎？」

「是有這件事……咦？呃，不會吧！」

在山上挖一口採得到寶石的池子未免太異想天開。這麼想時，勞德笑得肩膀亂顫說：

「哈、哈、哈！只是酒醉的玩笑啦！但如果不是這樣，不就說不通了嗎？」

「哎呀，這件事真的就是這麼讓人想不透。」

「呵呵呵。他們已經找過很多城裡的商人談這件事了，最後每一個都有相同的疑問。不過這次他們找上了你，大家都在猜說不定會有解喔。」

原來是這樣。羅倫斯表示理解。

「你們有在賭我會不會成功吧？」

這場對話就是為了蒐集情報，好在賭局中占上風。

勞德俏皮地眨眨一隻眼睛。

「話說回來，這寶石會是什麼？很不巧，我實在想不到。」

「嗯？」

「比如北方的海岸，暴風雨過後有機會撿到琥珀嘛。難道是……珍珠嗎？」

琥珀大的難尋，小的倒是肯定找得到。珍珠雖然稀少，但畢竟是扇貝的副產物，三年採不到而倒村實在不太合理。撈不到扇貝就算了，感覺不像是那樣。

「不是琥珀也不是珍珠，叫什麼來著……這一帶鮮少聽說，它叫……」

勞德一拍禿頭，睜大眼說：

「對對對，珊瑚，珊瑚啦！」

「珊瑚？」

「很久很久以前，有個專賣精緻首飾的旅行商人帶了個要賣給貴族的東西過來。紅得很漂亮，像寶石一樣。當時為了鑲在銀飾裡而磨成了球形，不過聽說原本像是長在海裡的樹那樣。」

長在海裡的樹。羅倫斯對此也略有耳聞。

儘管心中沒有具體形象，但世界如此之大，海底真有寶石樹也不足為奇。

「聽說那長在很深的海裡，根本不能潛下去採。所以要用教會徽記那種形狀的鐵棒串起來做鉤子，綁上繩子丟到海裡去撈，沒鉤到就再丟。純粹碰運氣，想到就累人啊。而且那個樹幹還要粗到可以磨成珠子，更是難上加難。」

「原來如此……」

羅倫斯不禁讚嘆世上仍有那麼多他不知道的事，而勞德則露出傷腦筋的笑。

「想不到可以用魚池重現這種事。」

「聽起來很有夢吧？」

確是如此。

「總之，原因只有他自己知道了。不管怎麼問，他一概回答養魚。」

這麼說來，多問也沒用。

「無論如何，要是拉登大人要當主教了就快來告訴我一聲，我得捐點錢表達心意才行。」

勞德堆起滿臉精打細算的微笑，隨後回到自己的桌位。

那大肚腩和油膩的氣氛退去之後，兩人吐了一口氣，卻又吸回滿腔近似徒勞的空虛。

「唔唔……我愈想愈迷糊了啦……」

羅倫斯抱起胸來嘆息嘟噥。

這件事在他這樣的旁人眼中是可惜得不得了，但既然當事人拉登自己不願意，別人也不好強求。當然羅倫斯和勞德一樣多少存有私心，懷著在這件事上出了力，就能多一個主教朋友的想法。

而撇開拉登的動機不談，羅倫斯對於蘇爾特他們的行動略顯強硬這點，其實有所共鳴。蘇爾特等村民是打從心底感謝拉登。所以他們應該是打算報答拉登才對。

尤其拉登是受到教會佈道的刺激才來到此地，那麼他心裡應該也會有成為正式聖職人員的想法，甚至認為那是神所給予的機會才對。

一邊是長年來領導群眾的老人，一邊是希望報答老人的群眾，這樣的架構在紐希拉的溫泉旅館也很常見。

比如來了對父子貴族，父親老到牙齒全掉光，卻仍時常強調自己不輸年輕人。兒子也到了開始長皺紋的年紀，不時抱怨老是要跟著父親騎馬巡視領地，沒日沒夜地出席各地的領主法庭等。

於是兒子這邊為了勸怎麼也不肯歇腳的父親好好休息，半拉半扯地將人帶來了紐希拉。

到了這一步，作父親的大多都會了解到自己或許真的該退休了。

「我想拉登應該也知道自己該接受這個主教的位子吧……」

就在羅倫斯如此低語的同時，他發現對面的赫蘿手拿啤酒杯低頭不語。

「喂，還好嗎？」

勞德來了以後，赫蘿都沒出過聲，臉色還有點糟糕。雙頰泛紅，其他部分卻白得出奇。她只喝了兩、三杯，並不算多，或許是宿醉所致。

羊肉還剩幾塊，但有剩就表示她狀況不好。不如就打包起來帶回住房吧。

「赫蘿，回去嘍。」

羅倫斯從低頭閉眼的赫蘿手中取下啤酒杯，跟紅髮女侍埋單之後，揹起了赫蘿，並拿走打包的羊肉。

這不曉得是羅倫斯第幾次揹赫蘿回旅舍了。赫蘿也多半是知道羅倫斯都會揹她，才會這麼掉以輕心吧。

有時候，羅倫斯也會懷疑她在裝醉，但表面上當然是裝作不在意。

滿足客人的要求，就是商人的喜悅。

既然公主都全力撒嬌了，他自當全力接受。

「外面真的有夠冷。」

出了酒館，外頭已盡是寒涼的秋夜。羅倫斯心想是不是該在赫蘿身上加件毛毯，又感到自己過度呵護而苦笑。

於是他抬抬快滑下去的赫蘿，一步步往旅舍走去。

「這傢伙……好像一年比一年重啊。」

外表一點改變也沒有，實在很不可思議。忽然間，他想到或許不是赫蘿變重，而是自己的腰腿衰弱了。

如此將赫蘿揹上床的過程，終有一日會成為遙遠的回憶。

羅倫斯心想，自己總任憑赫蘿耍任性，或許是因為替赫蘿設身處地著想的緣故。

自己將會老去，只有赫蘿永保年輕，被歲月遺落。一想到會有那麼一天，就覺得再怎麼寵她都不夠。

他無法永遠與赫蘿相守。結婚誓詞中「直至死亡將兩人分開」，註定是羅倫斯先走。

在旅舍門前露天桌位客人們的起鬨聲中，羅倫斯苦笑著走向房間。老闆心照不宣地先替他開了門，還順便備了個桶子以防不時之需。

羅倫斯唏噓地要將赫蘿放下床，發現她已經醒了。

她自己伸腿下來，碰地一屁股落在床上。

「妳老是這樣。」

羅倫斯笑了笑，赫蘿蜷著身體「嗚～」地無力呻吟。

「不舒服啊？」

臉色恢復了許多，但保險起見，還是問一聲的好，而赫蘿搖了頭。天底下哪有會說自己不能喝的醉漢，當然不可信，但赫蘿不只是搖頭而已。

她還伸手拉住羅倫斯的袖子，要他坐到身旁。

「好好好。」

赫蘿虛弱時，行為比外表更低齡。人家說人愈老愈孩子氣，不是說假的。羅倫斯在赫蘿右側坐下，赫蘿便將額頭靠上他的肩說：

「咱喝得好難受……」

能說自己不舒服，表示她已經好多了。

羅倫斯左手扶上她的背，右手牽起她的手說：

「吃到一半被勞德打岔，害妳很孤單嗎？」

調侃的語氣，惹來牽著羅倫斯的手使勁一抓。

「對不起嘛。」

羅倫斯在赫蘿耳根輕輕一吻。

與總是用昂貴精油保養，實際散發花香的尾巴不同，耳邊有另一種香甜的味道。那是滿滿赫蘿的味道。

聞得太入迷會惹她生氣，羅倫斯淺嘗即止。這時，赫蘿忽然說：

「說不定真的能說是孤單吶。」

「……」

羅倫斯稍微一驚，臉上自動浮現關懷的微笑。

「不，就是孤單。所以才會喝成這樣。」

赫蘿主動用耳根磨蹭羅倫斯臉頰。

如此萎靡的回答，讓羅倫斯一時語塞，思緒慢了幾拍才跟上。

「……對了，勞德過來之前，妳有話沒說完嘛。」

是想到了關於拉登的事嗎。說起來，赫蘿也是從那時起顯得悶悶不樂。羅倫斯搖搖赫蘿的手，要跟她對答案，而那隻小手也無力地搖了搖。

「咱是發現汝真的是頭大笨驢……才會想那麼多。」

「嗯？」

赫蘿豎起指甲摳羅倫斯手背。

「汝這頭大笨驢，明明聰明得咱都會驚訝，答案就在眼前卻還想不通。」

她打啞謎似的接著說：

「說不定，咱也是個大笨驢吶。就像鼻子和耳朵厲害，卻沒發現眼睛不好那樣。」

事情是在紐希拉發生的。某天他們意外發現，赫蘿的字怎麼寫也寫不好的原因居然是出在眼睛不好上。於是羅倫斯給她用玻璃磨成的放大鏡片來看字，結果一看嚇一跳。

那麼，這麼話題要怎麼混過去呢。

羅倫斯慢慢地想，回答：

「……難道我，一直都想錯方向了嗎？」

論道理，拉登的行為並不合理。直接升為主教可是村姑變王子妃那樣的奇蹟，且不管怎麼想，拉登成為主教都能讓村子有個常保穩固的基礎，他卻一口拒絕了。

假如拉登將村子看得比什麼都重要，哪怕要委屈自己，他也會按捺下來答應才對。

這麼說來，拉登的卻步應與道理無關。

若要說理論商，羅倫斯有一套自己的方法。

但遇上剪不斷理還亂的感情問題，他就比不上赫蘿了。

「咱一直在想那個像大樹一樣的人在想什麼。」

不是熊，不是岩石，是大樹。

拉登的確像棵參天巨木。

「為什麼那個老頑固就是不接受大夥的好意。」

看來赫蘿也是以此為出發點，這表示蘇爾特等人是真心為拉登著想。

然而他們只是出發點相同，赫蘿看的是完全不同的方向。

「咱啊……覺得那實在是無病呻吟，心裡悶死了吶。」

羅倫斯的詫異並不是來自他無法理解赫蘿的心情。

而是發覺自己踏入了禁區。

「……也就是說……」

羅倫斯不禁支吾起來，赫蘿卻瞇眼而笑。

「沒錯，就是帕斯羅村。咱待了很久的那個村子。」

赫蘿說起老故事似的，以略帶睡意的方式說：

「那也是把咱趕走的村子。」

羅倫斯抽氣般大口吸氣。

他就是在那個村子與赫蘿相遇，但赫蘿也在那裡失去了某種重要的東西。

「咱可是被咱照顧了很久的村人趕走的人，對咱來說，那棵大樹真是身在福中不知福喔。」

赫蘿用開玩笑的語氣說著，但有一半是真心話吧。

背後那條尾巴有些膨脹。

「不過他的痛苦也不是騙人的，他真的很迷惘，很糾結。咱真的不懂，他奉獻生命保護那麼多年的人都是打從心底擔心他，為什麼不接受吶？怎麼說都不合理。於是啊——」

原本依附在羅倫斯身上的赫蘿挺直身體說：

「咱就想像了一下當大樹的心情。」

「拉登的心情？」

赫蘿點點頭，露出像是苦笑，又像是腳麻時被人碰了的表情。

「那個叫拉登的，會不會是以為村民要趕他走呢？」

「嗯……咦？趕、趕他走？」

羅倫斯覺得太莫名其妙而不由得反問。

「也不算是趕他走唄，不過很接近。」

完全搞不懂。

蘇爾特他們是真的關心拉登，假如他們在使詭計要趕他走，應該逃不過赫蘿的耳朵才對。

羅倫斯茫然的視線，讓赫蘿無奈地笑。

「汝想想，他可是賭上一切挖那口魚塭喔？可現在魚都死了。」

「可、可是，村民不都是誠心感念他的奉獻嗎？用鹿另尋出路，也是為了替拉登減輕負擔吧？」

「嗯，一點也沒錯。可是啊，如果咱是他……」

赫蘿從木窗仰望夜空，再轉向羅倫斯。

然後頭槌似的將額頭抵上他胸口。

「會覺得很孤單。」

「孤……單？」

赫蘿把臉埋著，點頭說：

「帕斯羅村的人啊，也懂得靠人的智慧和力量創造出讓小麥豐收的方法，沒有咱也能豐收。咱當初答應那個人要讓村裡的麥子結實纍纍，所以只要小麥豐收了，無論是誰做的都無所謂才對。無論是誰做的，只要能豐收，咱就該高興才對。」

「……」

赫蘿彷彿隨時會掉淚的口吻，使羅倫斯心裡也難受起來。

但羅倫斯真正想哭的原因不在於此。

而是能看見赫蘿想說什麼之後使他憤然咒罵的，自己的粗心。

「大樹他村子的魚塭就是這樣。如果原因之一是重現故鄉這種夢想，沒什麼好奇怪的。不過啊，主要的理由應該還是填飽人們的肚子才對。」

赫蘿吸吸鼻子，彷彿在回想著自己仍是賢狼赫蘿，守護著帕斯羅村的時光，並說：

「應該是為了讓人們重拾歡笑才對，為了給新的家人一個新家才對。所以用什麼方法根本就不重要。以理論上來說……」

說到「理論上」時，始終低著頭的赫蘿臉上浮現明確的笑。

就像是在嘲笑為帕斯羅村深深傷心的自己真是傻得可以一樣。

在一去不回的時光洪流中，赫蘿遭到帕斯羅村遺忘，甚至被人視為古代惡習的象徵，傷心到那巨大的狼體都快消失不見了。

已經想回故鄉看看很久的她，明明大可用後腿往麥田撥一大把沙再走，她卻做不到。

那不是道理說得通的事。

牽絆和依戀，不是能割捨得那麼容易的東西。

「那感覺就像是心裡有另一個人一樣，大樹也是這樣的唄。他外表高頭大馬，內心卻充滿智慧。那個白髮村長說的話和心情，他其實也都懂，可是心卻不聽話……大概就是這樣唄。」

不僅是蘇爾特與波姆等村民，連薩羅尼亞的主教和艾莉莎也對拉登讚譽有加，盼望他取得順當的名分。會改為獵鹿，也是因為拉登工作太賣力，人們想讓他好好休息所致。

但他本人作何感想呢。

即使自己為村民建造的魚塭沒有魚了，村民也靠自己的力量找到了生財之道。為重振魚塭奔波的都只有他一個了，村民居然還問他要不要忘了村子，出趟少說一年的遠門，當上主教再回來。

那麼，那些話在拉登耳裡有另一個解釋也不足為奇了。

簡直就像在告訴他：「去當主教吧，現在的你只有這點用。」

那句話始終在拉登心頭作祟，好比愈甩愈黏人的深夜暗闇。

「況且他的膝蓋有毛病，沒法一起獵鹿唄。」

「咦！」

羅倫斯十分震驚。

「怎麼，沒發現啊？」

被抬頭吸鼻涕的赫蘿一問，羅倫斯一臉傻樣地頷首。

「村民想攔他，不是還被他甩開嗎？」

「他力氣全放在左腿上。沒法單獨騎馬，也是因為上下馬有危險唄。」

赫蘿擦擦眼角說。

羅倫斯不經意地看著赫蘿那動作，想像拉登的病痛。到這年紀依然體格壯碩孔武有力，不難想像年輕時是多麼勇猛。

就連羅倫斯揹送醉倒的赫蘿，都會感到身子骨一年不如一年，而心酸得很，體會到自己真的老了。

相信那對於靠強健體魄開闢整段人生的人而言，打擊更是巨大。

在膝痛影響作業的狀況下，魚塭慘遭染病覆滅。憑這樣的身體要重振魚塭恐怕是困難重重了，現在連村民們可以輕鬆達成的獵鹿都無法參加，如此一連串的打擊究竟會讓人多心寒呢。

光是想像拉登聽人說請坐的樣子，就替他不忍。

他執著於養魚的原因，與故鄉的大海一點關係也沒有。

只不過是拚命想守住掌中逐漸滲漏的這捧水罷了。

守住從前自己仍是村子的主幹，那棵擎天巨木的時候。

到如今，就連支撐其信念的膝蓋都不聽使喚了。

這樣的身體只會愈來愈差，能為村子做的愈來愈少。

拉登就要被時光的激流吞噬而滅頂了。

「失去長久以來的歸屬，是一件很可怕的事。」

赫蘿深知獨留於漠漠蒼茫的可怕，明白不再為人所需要的殘酷。

這樣的赫蘿，望向羅倫斯。

原以為她會哭，可是她笑了。

「就是因為汝在道理上兜死圈子，咱才笑汝是大笨驢。」

赫蘿再一次用笑容吸鼻涕。

「如果咱在教堂那時候有發現就好了，但就是沒有。這是因為——」

她靦腆地笑了笑才說：

「汝給了咱一個歸屬，寵得咱把以前的悲哀都忘光了。這個有熱水跑出來的地方，住起來真的太舒服了。」

那純真的笑容反而讓羅倫斯心裡隱隱作痛。

他知道自己為赫蘿做了很多事。

但那些事全都無法永遠填補赫蘿的孤獨。

於是他緊抱赫蘿細瘦的身軀，乞求時光為她停留。

而說出口的話……卻是挖苦。

「而且還有酒有飯，根本沒得挑剔呢。」

聽得赫蘿狼耳一豎，在他懷裡扭動起來。

「大笨驢！咱是認真的——」

「所以啦。」

羅倫斯抱住發火的赫蘿，試圖按下心中的不安。

然後放開雙手，在她鼻頭上輕輕一捏。伴著極力裝出來的賊笑。

「要是把妳的感情全部正面接下來，我當場就要把所有的一切都獻給妳了。這樣妳明年哪來的錢喝酒？」

赫蘿的感情就像個巨大的酒桶。要是不分裝，馬上就會喝得酩酊大醉，一頭栽進桶子裡。

「才剛跟艾莉莎學到管理家計的重要呢。」

一聽這名字，赫蘿的表情就氣到有點好笑。

「更何況妳這幾天都真的喝太多了。」

赫蘿終於噘起了嘴。

「又沒花到錢。」

他們替這座城解決了困難，到哪個酒館都會有人請酒。不過她也有喝過頭的自覺，將腿抬到床上抱起來，轉向一邊賭氣。

羅倫斯嘆息交摻地笑著說：

「妳醉倒以後，我不就沒伴了嗎。」

赫蘿不敢相信地半張著嘴盯著羅倫斯看。

接著放鬆繃住的臉，一邊嘴角略為吊高，像是在強忍喜悅。

「……大笨驢。」

「大笨驢又怎樣。」

「受不了，汝就是這樣。」

「才會是永遠都那麼可愛的小男生喔。」

羅倫斯看赫蘿要笑他蠢，自己先先說出來。

被搶先的赫蘿很不甘心，但又開心地笑起來。

「這也不能講道理吧。」

不只是自己的蠢，拉登也一樣。

道理是站在蘇爾特那邊。

可是拉登的感情卻是道理所無法處理的事。

「嗯，問題在於他的憂慮。那棵大樹畢竟不是真的大樹。」

赫蘿也是一樣。即使真面目是比人高得多的巨狼，可以輕易將人一口吞下，她的心靈也不是包在厚厚的毛皮底下。

不解開拉登和村民的誤會，就像是將赫蘿單獨留在帕斯羅村一樣。

「可是這又該怎麼做呢？」

羅倫斯自囈似的低語後，赫蘿輕撫他的臉。

「汝在紐希拉蓋的溫泉旅館裡，不就見過很多次了嗎？」

「紐希拉……喔，妳說貴族傳位的事啊。」

常有貴族父子為了傳位的事一同來度假。緊抓著權力不放的貴族，常令兒子傷透腦筋。若將那視為父親害怕失去歸屬的舉動，往後或許能多給他一點溫柔。

「傳位儀式一定都要從歌頌成就開始嘛。」

「感謝的話永遠是說再多都不會嫌多。很合理。」

原來是這麼回事。羅倫斯又學到了一件事。在紐希拉，他從來沒想過那麼多。

「那拉登有什麼成就？」

還用說嗎，那當然是在什麼也沒有的谷地挖池養魚，填飽人們的肚子。

但是，如果真的要對這點表示感謝，就要傾全村之力重振魚塭了。假如資源和勞力都不是問題，那倒還無所謂，不過蘇爾特他們的獵鹿生意才剛上軌道而已。

在這節骨眼丟下獵鹿回去做不安定的養殖業，風險未免太大。

能不能用其他方式表達感謝呢。

一種能讓拉登付出的一切都重現光采的方式。

「那棵大樹在出生的故鄉會在海裡撈寶嘛。喏，繆里愛聽的吟遊詩人的故事裡，不是也有類似的結局嗎？」

「妳的意思是，要弄成池裡的魚的確是村民的寶物，恭喜恭喜那樣嗎？」

「……聽汝這樣一說，感覺好敷衍喔。」

羅倫斯苦思起來，注意到桌上的聖經譯本抄本。

「對了，拉登說他是記得聖經裡的一節才在山上挖池子的嘛。」

「把魚變多的故事嘛。當初寫成肉，現在就沒事了。」

赫蘿隨口嘀咕時，羅倫斯伸手拿起抄本。那不是完整的聖經譯文，似乎只是節錄常見講道題材的部分。那是寇爾強壓睡意，天天啃洋蔥苦讀而累積起來的成果。

翻了幾頁，發現幾則聽過的寓言，魚與餅的故事當然也在裡頭。或許是關於食物的迴響特別好，類似的有好幾則。

寫成俗文就變得如此淺顯易懂，讓羅倫斯十分驚訝。甚至覺得自己過去花時間去學教會文字都白費了。

又多翻幾頁，躍入眼中的一行字抓住了他的心。

「話說汝啊，海裡的寶石……唔，怎麼啦？」

赫蘿疑惑地窺視羅倫斯。

接著視線移到他手上的簿子，瞇起眼看了看，尾巴頓時膨脹起來。

「喔喔，喔！」

「這個怎麼了？」

赫蘿的反應開心到讓羅倫斯都嚇一跳。

「咱到現在才注意到這件事。就像是在等汝替咱發現這句話一樣吶。」

「咦？什麼事？」

應了心有靈犀這句話。

赫蘿賣了個關子以後抿起嘴，吊起唇角露齒賊笑，說道：

「珊瑚啊。那不是海裡的樹嗎？」

「喔，那怎樣？」

「那麼，村子裡的人在抓什麼啊？」

「不就是……啊！」

鹿。

頭上長了樹枝狀犄角的林中居民。

「還有那個，汝在賣那個臭粉的時候，不是有聊到嗎。」

在紐希拉採集的硫磺粉，可以倒進熱水裡，給人體會一下溫泉的感覺。

將粉賣給城裡人時，有些人在慶典氣氛的推助下突發奇想。

說想挖個洞做溫泉。

「村裡的人能有安定的生活，全都是拜那棵大樹所賜。無論是誰的好眼光看上獵鹿，這之前填飽他們肚子的都是大樹的魚沒錯。」

「所以可以在池裡擺些鹿角，告訴他——」

你挖的魚池真的堆滿了寶物。不是珊瑚那種在你的故鄉怎麼也撈不到的東西，而是能實際抓在手裡的寶物。

「最後再加上這個。」

赫蘿指著聖經說。

那裡寫的是神將信仰傳授給日後聖人的著名場面。

「要是拉登不當主教就沒意思了。但既然有這個，應該行得通。」

蘇爾特等村民和拉登現在走上不同的路，並非他們所望。他們還能夠攜手走得更遠，走向更美好的未來才對。

如同羅倫斯和赫蘿扶持著彼此來到紐希拉，過起幸福快樂的日子一樣。

「這樣蘇爾特他們能對拉登表達感謝，也能告訴拉登，他們希望他接下的新任務。」

「還有還有。」

赫蘿用不再有淚痕的臉笑著說：

「說不定再過一陣子就有肥美的鱒魚吃了。」

對吃念念不忘的赫蘿讓羅倫斯不禁失笑，回答：「說不定喔。」

羅倫斯和赫蘿理出的結論，只不過是種推測。

不先問過拉登就來推行這件事，恐怕又會白忙一場。

於是第二天，他們一早就前往教堂找艾莉莎商量。照原來那樣下去不是辦法，艾莉莎也認為不妨一試。

事不宜遲，一行人立刻動身詢問拉登的意思，但赫蘿在拉登門前拉住了羅倫斯。

「咱一個人進去就好。」

「咦咦？」

「這要講的是男人脆弱的部分。這種事，面對咱這種嬌滴滴的女孩子比較容易說得出口。」

反而會被人吐槽吧。

見羅倫斯仍難以接受，艾莉莎從背後拍拍他的肩。

「就交給她吧。」

「……」

艾莉莎都這麼說了，不聽也不行。

這次換赫蘿不太高興了，不過她哼一聲拋到腦後，進拉登屋裡去。

「真的沒問題嗎……」

羅倫斯擔心赫蘿會惹拉登生氣，艾莉莎聳聳肩說：

「赫蘿小姐在這種事情上很可靠的。」

可是平常為什麼那麼墮落呢。艾莉莎很是不解。

等待的時間並不長。

赫蘿很快就出了房門，得意地咧嘴笑。

「好啦，再來換村長。」

這應該是談得很順利的意思，但拉登的反應很令人在意。

想往門裡看，卻被赫蘿在臉頰上捏了一把。

「汝就是這種地方少根筋。」

該讓他靜一靜才對。羅倫斯揉揉臉頰，讚嘆儘管最近墮落得很，賢狼依然是賢狼。

向蘇爾特提議時，就讓羅倫斯參與了，薩羅尼亞主教和艾莉莎也在。

蘇爾特聽得目瞪口呆，甚至忘了呼吸到臉色發青。

驚訝自己怎麼會這麼昏昧，沒注意到拉登變得如此喪氣。

以及一點也沒想過自己一片好意地勸他休息，在他耳裡卻像是嫌他沒用。

這也不是蘇爾特遲鈍，就只是因為他全心全意地崇拜拉登吧，其他村民也都是如此。想到

假如沒人點破，拉登就會繼續誤會他們的好意，使他幾乎陷入絕望的深淵。

聽了羅倫斯說明該如何辦一場活動向拉登表示感激，他表情變得像是等了十年才盼來雨季的沙漠之民。

了解拉登的苦處後，蘇爾特他們都義無反顧地將主教的事擺第二，以致謝為優先。

羅倫斯也問過是否要用村裡的池子來施行這個計畫，但考慮到未來仍有可能恢復養魚，讓眾人進進出出又丟鹿角下去並不好。而且赫蘿也主張這種事就該辦得盛大熱鬧，便決定在薩羅尼亞舉行。

事實上，城裡也有許多像勞德這樣當年因拉登而免於飢餓的人。羅倫斯找勞德談這件事之後，他立刻包下找人挖池的工作。

這時，羅倫斯拿出了商人的小聰明，以及溫泉旅館老闆的主意。

「把這個臨時挖的池子做成溫泉？」

勞德當然馬上就發現他想趁機賣硫磺粉，用那樣的眼神看過去。

「拉登先生不是膝蓋不方便嗎？您曉得泉療為什麼這麼受老年人歡迎嗎？」

這問題使勞德眨了眨眼睛。

「不就是因為有效嗎？我有聽說喔，溫泉治百病。」

「根據我親身體驗呢，那實在太誇張了。不過，泡溫泉真的會讓人覺得有那種效果。」

商人本來就是好奇心旺盛的生物，勞德深感興趣地傾過去聽。

「泡在水裡，身體不是會浮起來嗎？動作會靈活得像年輕時一樣。」

勞德恍然大悟地點點頭。

「既然這樣，那必定是要讓拉登大人泡上一泡了。不過……」

他接著清清喉嚨後說：

「就算只是挖洞造溫泉，在慶典時期辦其他活動，當然有很多事情要打點。我會幫你推銷硫磺粉，佣金這樣算怎麼樣？」

勞德取出插在腰帶裡的算盤，撥動珠子。

羅倫斯撥回幾顆珠子，對他粲然一笑。

「唔……好吧，沒辦法。我去調點適合臨時溫泉的酒來好了。」

羅倫斯就此與勞德握手協定。一和旁觀的赫蘿對上眼睛，她就嫌棄地聳起肩。

用來當珊瑚的鹿角，由波姆騎馬趕回村去拿，並通知村民都到城裡共襄盛舉。

然後羅倫斯拿出溫泉旅館老闆的本事，到河邊挖的洞鋪磚，忙碌得很。赫蘿在稍遠處鋪幾張墊子，悠哉地喝酒看戲。不時抄起筆，在她最愛的日記本上寫點東西。

第二天，發生了一段拉登也現身想幫忙，村人急忙勸阻的小插曲。他原本就是不幹活就渾身不對勁的人吧，於是羅倫斯請他用槌子夯實池底。這樣就能掩飾他的膝痛，而拉登的表現也好

得沒話說。

大市集就在這當中接近尾聲，慶典即將開始。

薩羅尼亞主教接下主持工作，以讚頌使薩羅尼亞與鄰近地區桌上不再只有鯡魚的大功臣為名目，召開一場小慶典。

池裡灌滿了燒熱的河水，並混入大量羅倫斯的硫磺粉。

在這樣的池子前，村裡的孩子各飾一角，演出拉登從遙遠國度拉德里來到此地的過程。波姆演到拉登踏上薩羅尼亞的土地才下場。

至此，故事接上了現在的拉登。

或許是難為情吧，他紅著臉低頭不語。蘇爾特跪在他面前說：

「來，拉登大人，這給您。」

交出來的，是以教會徽記組成的鉤爪。

「用您的信仰從池子裡鉤出寶石吧。」

拉登準備要破口大罵的表情，是整張臉都在強忍淚水造成的。他當即從蘇爾特手中接下徽記鉤爪，站了起來。

那強而有力的站法，不像是膝蓋有病痛的人。

但邁步之前，他對蘇爾特說：

「我膝蓋不好，肩膀能借我撐一下嗎？」

蘇爾特睜大眼睛點點頭，村民們也爭相湧上。

拉登就這麼在眾人圍繞下，將鉤爪拋進臨時溫泉。從前，他每天都在故鄉的海上這樣日以繼夜地拋，卻連續三年都慘無收穫。

但溫泉之中，鋪上了滿滿的鹿角。

那是拉登在其旅途盡頭守住了許多人生的證明。

「噢，神蹟降臨了！」

薩羅尼亞主教也在此時拿出主教的樣，威嚴地高聲唸稿。鹿角拉上了池畔，贏來如雷歡呼與掌聲，連教堂都為此敲鐘。拉登感動得不得了，要向蘇爾特等人道謝。

不過，這還太早。

「拉登大人。」

接著上前的是在慶典中也不改其色，神忠僕中的忠僕艾莉莎。

「請收下。」

她恭敬地獻上寇爾的聖經俗文譯本抄本，書已翻開在某一頁。

「這是……」

波姆來到不解的拉登面前。

肩上擔著同樣令人不解的東西。

「拉登大人！這給你！」

波姆粗魯地塞過去的，是漁網。他們養魚時用的漁網。

拉登手拿簿子與漁網，顯得不知所措。

這時薩羅尼亞主教煞有其事地上前說道：

「神虔誠的忠僕拉登啊，我要藉聖經對汝講述神的話語。」

拉登大口吸氣等他開口。

「汝當放下捕魚的網，從此成為捕人的漁夫……可以嗎？」

那是傳說中神對傳播其教誨的聖人所說的話。

用聖經上的命令口吻對拉登說話不太對，他又是薩羅尼亞的主教，這樣比較符合他的形象。

主教的話使拉登乾咳似的笑並稍微彎腰，將聖經節譯本和漁網抱在胸前。

「我願……接受神的指引。」

緊張的群眾熱烈歡呼。

然後合力抬起高大的拉登。

艾莉莎看情況不對，趕緊替拉登保管簿子。

拉登掩面而笑，任憑眾人又抬又拋。

「來吧！這可是傳說中的溫泉鄉，紐希拉的溫泉喔！」

拉登被拋進池裡，濺起大把水花。流再多淚都不會有人發現了。

接著樂隊奏樂，上酒上菜。

村民喜不自勝地在池中相視而笑，婦女們怯怯地用腳尖沾一下又叫又跳，看得羅倫斯老大不小了也紅了眼眶。這時，有人拍拍他的手。

「汝啊，再拿酒菜來。」

嘴裡早已叼著一串烤羊肉的赫蘿伸出右手說。

羅倫斯聳聳肩，牽起那隻手。

赫蘿像個嬌貴的公主，不情不願地站到羅倫斯身邊。

那裡是赫蘿的位置，能讓赫蘿在時光洪流中稍作喘息的寶貴港灣。

接著她從這個最愛的位置仰望羅倫斯說：

「汝也為了咱成為專撈大把銅板的漁夫怎麼樣？」

羅倫斯欲言又止，笑了笑，慢慢地嘆氣回答：

「好好好，悉聽尊便。」

赫蘿抬望羅倫斯，笑出一口白牙。

薩羅尼亞城提早響起了慶典的喧噪。

至於大事記裡有沒有寫到那個被年輕妻子騎在頭上的前旅行商人也在這歡騰的人流中，就任憑想像了。

狼與結實之夏

幕間插曲　這是寇爾和繆里下山前在溫泉旅館發生的事。

◇◇

說到溫泉鄉紐希拉就想到過冬，不過夏季也很受歡迎。

地處深山使那裡十分涼爽，泡過熱水再喝一杯用冬天堆進冰庫的雪冰鎮過的啤酒或葡萄酒，對貪杯的罪人而言是抵抗不了的誘惑。由於人數不比冬天，樂隊和舞孃又都忙著在自己的地盤演出，不會上山。因此夏季的紐希拉客人雖不少，但不會太過吵鬧，非常舒適宜人。

溫泉旅館「狼與辛香料亭」有時也會因為客人結伴去露營釣魚，一早就安安靜靜。

「嗚啊～……」

赫蘿打了個大呵欠。送客人出去釣魚之後，她就在壁爐前鋪了張喜歡的墊子，肩披薄皮草像狗一樣縮成一團，發出細細的鼻息。平時屈藏裙底的狼尾，也樂悠悠地搖來搖去。壁爐裡仔細鋪了層灰的火炭散發著柔和的溫暖，在夏季涼爽的紐希拉舒服得恰到好處。而赫蘿身旁，當然少不了睡醒時要喝的酒。

赫蘿每天都樂此不疲耍懶的模樣，使溫泉旅館老闆羅倫斯微微一笑。從敞開的木窗往外看，考慮將瑣碎的雜務擱到明天，效仿赫蘿享受這清閒的時光。

接著在赫蘿身旁坐下，用手梳過她美麗的亞麻色頭髮和狼耳。赫蘿稍顯不悅地微微睜眼，把臉靠在羅倫斯的腿上。

然後再一次滿意地搖起尾巴。

但願這樣的時光能永遠延續。

就在這麼想之後。

旅館的門猛然掀開，精神飽滿的少女喊聲響遍每個角落。

「不好了！不好了！聽說出大事了！」

一連串急促的腳步聲撼動地板，少女叫得更大聲了。

「大哥哥～！你在哪裡～！大～哥～哥～！」

聲音是來自他女兒繆里。前陣子才找一群親朋好友來祝賀她順利成長，讓她在眾人面前亮相，這個野丫頭真是本性難移。

「……那頭大笨驢在吵什麼啊……」

長相和女兒繆里一個樣，實際上已經高齡數百歲的赫蘿不耐地問。

「說什麼聽說出大事了。該不會又想搗蛋了吧。」

「不是唄，那還喊寇爾小鬼做什麼。」

羅倫斯邂逅赫蘿後，在旅程中收留的少年寇爾，如今已是不可或缺的旅館頂梁柱，繆里也將他當作兄長來傾慕，真的就像家人一樣。

「要搗蛋就不會喊他了是吧……」

看她急成那樣，羅倫斯有股不好的預感而皺起眉頭。赫蘿拉直身體橫躺，往酒伸手。

接著狼耳忽然豎起，赫蘿無奈地嘆氣。原因很快就揭曉了。

「娘！爹！你們在哪～！」

老是捱罵的她很少會喊他們，鐵定沒好事，讓赫蘿嘆得更重了。

近午時分，羅倫斯將一袋香腸和鍋子裝進大麻袋裡揹起來，一旁的寇爾揹的則是麵包袋，奇怪的是還側抱了一本聖經。

「慢走啊，等你們帶伴手禮回來喔。」

如同清晨送釣客出門一樣，掌管廚房的漢娜送羅倫斯等人離開。

繆里活潑地回答，揮著手跑了出去。然後是一臉不耐卻又略顯期待的赫蘿，最後才是搬行李的男人。

「寇爾……抱歉毀了你的假日……」

「哪裡，您也辛苦了。」

雖然他們這樣互相安慰，但元凶當然是繆里。

「山上有惡魔？」

目光燦燦，銀色狼耳狼尾輕巧搖擺的繆里，是從村裡小孩那裡聽說這件事的。他們到平常不太會有人去的山上冒險，結果全都屁滾尿流地跑了回來。

「山上不是娘的地盤嗎？有惡魔就要趕走才行！」

熱愛冒險故事的繆里一邊說，一邊拿地上撿來的樹枝咻咻亂揮。羅倫斯和寇爾對看一眼，想說女生這麼大了不可以這麼粗魯，結果先開口的卻是赫蘿。

「前兩天不是下過雨嗎？山上應該長了不少野菇唄。」

溫泉旅館說話最大聲的不是老闆羅倫斯，而是騎在他頭上的赫蘿。

於是乎，行程加上了採野菇。

「大哥哥！爹！快點～！」

繆里飛也似的跑過沒有路徑的山林，赫蘿也是輕車熟路，腳步像羽毛一樣輕盈，果然是狼母無犬女。然而羅倫斯和寇爾都是單純的人類，身上還揹著行李。

光是喘氣追隨就無暇他顧了，一不小心就會在山裡迷失方向。

「要是惹她們生氣……我們搞不好要在山裡過夜喔……」

「哈哈哈……」

羅倫斯對乾笑的寇爾說：

「話說回來，惡魔會是什麼？」

繆里會衝回旅館喊寇爾，是有相對的理由。寇爾從研習教會法那段時間起，就懷抱著成為聖職人員的夢想苦讀不倦。

她大概是覺得這樣的寇爾正適合驅逐惡魔吧。

「會是什麼呢……既然是在晚上試膽，就有可能是把鹿或兔子看錯了。」

「嗯……啊，是標記。村裡小孩弄的嗎。」

大人用的山路是安全有一定保障的路線，可是頑皮鬼們的冒險心卻是在無路之途的另一邊。

「打獵也不會打到這裡來呢。」

「希望不會太遠……」

羅倫斯調整背上行李的位置，跟隨任性的狼尾。

又前進一段路程後，色調對比強烈的兩條尾巴終於停下。

「呼……這附近嗎？」

「嗯，大概。」

即使沒揹行李，繆里沒流一滴汗也實在很了不起。赫蘿馬上就討酒，羅倫斯邊拿邊問：

「那個惡魔是什麼東西？熊之類的嗎？」

「咦咦？惡魔就是惡魔啊！再說熊怎麼會認不出來。」

村裡的孩子的確是不太可能認錯動物。這麼說來，說不定是裝扮恐怖的隱士。無法待在人類社會的人，有時會選擇隱遁到遠離人煙的山林裡。

「有人的蹤跡嗎？」

羅倫斯向嘴對著皮囊喝葡萄酒的赫蘿問，她豎起耳朵說：

「有的話，那頭大笨驢也會發現唄。」

然後用羅倫斯的衣服擦去唇邊的酒滴，伸個大懶腰。

「嗯。話說這地方不錯嘛，說不定還有很多這種離旅館沒多遠的好地方喔。」

上山不是打獵就是採集，這樣的地點並不多。

「那村裡的小孩到底看見什麼啦？」

赫蘿沒回答羅倫斯，將皮囊塞給他之後跟著女兒繆里繼續走。走在最前方的繆里完全把這當冒險，走在後頭的羅倫斯和寇爾則聽從赫蘿的指示忙著採野菇和木莓。

揹鍋子上山，也是旅館女王中午想吃鮮菇鍋的緣故。

如果羅倫斯說了「想吃的人應該自己揹」這種抗議的話，肯定會被單獨丟在山裡。這時，

他發現繆里停下來了，好像是因為一棵特別粗壯的樹。樹幹長滿苔蘚，根部有個大熊也能住得愜意的大洞，是棵千百年的巨木。

「好棒的樹。」

赫蘿在仰望得目瞪口呆的繆里身邊說：

「咱們就在這吃飯唄。」

從樹蔭底下往上看，太陽的確已經越過頂點很久了。動作不快一點，天就要黑了。

一行人放下行李後，繆里才回過神來轉頭說：

「咦～我們還沒找到惡魔耶！」

「不是村裡小孩說的嗎，會不會是在耍妳啊？」

聽了羅倫斯的話，繆里用力嘟起嘴巴。

「好啦好啦，飯吃完以後爸爸再跟妳去找喔。」

「咦……」

急著想繼續冒險的繆里臭著臉噘尖了嘴。都到了該為婚嫁著想的年紀還這麼孩子氣，讓羅倫斯很是無奈，但也有那麼點安心。

為女兒的成長感到喜悅，即將放開她的不捨卻也一天天膨脹。於是羅倫斯牽起繆里的手說：

「好啦，先吃飯嘛。」

但是在繆里不甘不願地答應之前，她忽然往不相干的方向望去。

「……」

不，應該說繆里的狼耳和鼻子抽動了一下才對。

那模樣宛如鎖定獵物的小狼，英姿美得令人驚豔。

繆里就這麼帶著一身赫蘿早已失去的年輕光采，急忙往巨木後頭繞去。

「繆里？」

羅倫斯趕緊跟過去，發現她就站在巨木之後。

同時見到遺傳自羅倫斯的銀色尾巴以前所未有的方式倒豎起來。

「咿……！」

「咦？」

寇爾也往傻愣的繆里噠噠地跑來。

就在這一刻，一道甚至令人以為是巨木裂開了的慘叫聲響起。

「啊啊啊啊啊！」

繆里叫得像尾巴要禿了一樣，轉身就跑。

好像是發現了非常不得了的東西。

她畢竟是羅倫斯最疼愛的女兒，羅倫斯張開雙手準備抱人。然而繆里已經到了不再黏老爸

的年紀，直接從旁邊跑過去。

「大哥哥～！」

「哇，發生什麼事了？」

「大哥哥大哥哥！惡魔！有惡魔！」

在羅倫斯背後，繆里抱著寇爾嗚咽地大喊。

寇爾也緊抱住害怕的繆里安慰她。

當兩人展現如此美麗的兄妹之情時，羅倫斯卻在想女兒是不是不要爸爸了，不知道該拿橫展的手臂怎麼辦。

心中無限感傷時，有人沙沙地踩踏落葉而來。

還從底下賊兮兮地笑著往上看。

「大笨驢。」

赫蘿咧著嘴，抓住羅倫斯要收不收的手臂往身上繞。

什麼都能看透的賢狼赫蘿就此拉起羅倫斯的手邁開腳步，前往先前繆里愣住的地點……然後羅倫斯的腿也嚇得僵住了。

因為惡魔要從地底爬出來了。

「喔、哇！」

就連羅倫斯也慌得差點一屁股跌在地上。一隻紫青的死人手掌從地面伸出來，指甲像怪物一樣又長又尖，十分詭異駭人。

「這、這是，喂喂喂？」

沒想到山裡真的出了惡魔。但赫蘿不管倒抽一口氣的羅倫斯，放開他的手蹲下來，碰觸惡魔的指頭。

稍微用點力，指頭當場就斷了。

「大笨驢，這是菇類。」

「……咦！」

赫蘿對錯愕的羅倫斯搖肩而笑。

「咯咯咯……野菇也把汝嚇成這樣啊？」

並賊笑著拍拍手站起來。

「不過吶，咱以前在森林裡發現這東西時，也以為底下埋了人吶。」

「……這、這樣啊。」

「真的很像死人的手指嘛。記得人家好像就是這樣叫它。」

即使被赫蘿碰斷一根，仍怎麼看都是藍色的惡魔之指。

「能長得這麼像人的手，說不定還滿稀奇的。」

赫蘿或許是想安慰他，不過羅倫斯突然有個疑問。

「妳該不會一開始就猜到了吧？」

「汝自己猜嘍？」

赫蘿聳聳肩，轉身又牽起羅倫斯的手往前走。

「好啦好啦，回來煮飯。這裡還沒有人來，有一堆大野菇讓我們隨便採呢。吃完以後，要記得多採一點回去給漢娜喔。不管醋醃鹽醃還是曬乾都很好吃吶。」

羅倫斯看她這麼迫不及待，無奈得都笑了出來。

又說不定，那是在慶幸這個他自以為無所不知的世界上，還有這麼神奇的事。

「不過……」

羅倫斯看著鍋子旁邊，寇爾讓繆里坐在大腿上緊抱著他卻仍能靈巧地做菜的樣子，嘴裡唸唸有詞。不禁想，她會不會太黏寇爾。

當令人坐立難安的焦躁燒上心頭時，赫蘿拉了拉他的袖角。

「汝是怎麼啦？」

在赫蘿面前吃繆里的醋，又要被她笑大笨驢了。

得拿出父親與丈夫的威嚴才行。

「沒什麼。」

「嗯？」

賢狼泛起看透一切的微笑，沒有再多咬一口。

接著升火煮熟滿鍋鮮菇，回程上也採了一整袋。

紐希拉在夏天最舒適。

那是一個涼風使陽光更宜人的美妙季節。

狼與老獵犬的嘆息

很久以前，一名聖人聽從神的旨意到原本只有零星幾個小村的平原上搭建禮拜堂。渴望神關愛的人民不時造訪此地，日漸頻繁的交流吸引了商人。曾幾何時，什麼也沒有的平原以這座禮拜堂為中心興起了市場，最後發展為城鎮。這就是薩羅尼亞由來的神話概略。

但女祭司艾莉莎聽旅行商人朋友說，那實際上多半只是有個來路不明的人編了個故事住下來，日後聚落隨時間日益擴大，演變成現在的城鎮而已，說來也挺有道理。艾莉莎一邊這麼想，一邊用她蜂蜜金的眼睛環顧熱鬧的薩羅尼亞。

艾莉莎原本住在與薩羅尼亞有一大段距離的村莊，如今是放下家人到各地教堂組織出差。無論哪一座教堂，現在都被社會風潮沖得亂七八糟，為重新站穩腳步所苦，很需要艾莉莎這樣實務能力強的人。艾莉莎也為了重整教會有求必應，東奔西跑，不知不覺就來到了這麼遠的地方，可見她是多麼虔敬的信徒。

這樣的她聽了薩羅尼亞創立神話的內幕而略感失落，只是因為知道這世上本來就是假多真少而已。

因此，在薩羅尼亞教堂聽從不太可信的主教指示做事，也不會大驚小怪。即使又一次眼見教會人員為財務問題傷透腦筋，她仍連一個輕嘆也沒有。

「怎麼啦，臉這麼臭。」

為舉辦收市慶典，薩羅尼亞到處都是熱鬧非凡，但艾莉莎卻一個人在靜悄悄的小巷酒館門口吃午餐。途中一道耳熟的聲音，使她抬頭查看。

「真巧。」

既沒等艾莉莎回話，也沒問她是否願意同桌，逕自在對面坐下來便駕輕就熟地向老闆點菜的人，是個亞麻色長髮的亮眼年輕少女。

那一身與外表相反的世故氛圍，是因為少女面貌只是假象，實際上是個已有幾百年歲數的狼之化身。艾莉莎每次往赫蘿看一眼，都會覺得她對狼的印象有所改變。

艾莉莎不知那是好是壞，只知道要是把怎麼變化說出來，這狼的化身肯定會生氣。

「想不到汝也會跑來這麼冷清的破地方。」

赫蘿一邊說，一邊從老闆手中接下葡萄酒和盛裝許多燉肉燉菜的器皿。

「因為這裡的燉菜真的很好吃嘛，而且又安靜。」

「都忘了汝不是愛裝模作樣的教會走狗，只是個小村的小丫頭吶。」

都生了三個小孩還被人稱作小丫頭，實在有點難為情。可是對這個活了幾百年的狼之化身來說，她們認識的這十幾年，感覺大概跟前陣子差不多。

艾莉莎這麼想著，喝一口啤酒。

「而且白天就喝酒，很了不起嘛。」

「神每星期也需要休息一天，而且我把該做的事都做好了。」

平常總是被艾莉莎嫌愛喝酒跟生活不檢點的赫蘿沒趣地繃起臉，亮出牙齒將煮老的雞肉連同軟骨一起咬碎。

「看到羅倫斯先生不在妳身邊，我才驚訝呢。」

不知神究竟是有何安排，這位掌管麥子豐歉的狼之化身居然和有點少根筋的旅行商人結為夫妻。對於曾幫忙牽紅線的艾莉莎而言，見到他們夫妻恩愛固然值得高興，但他們感情好到有點肉麻了。

猜想他們會不會是親暱到吵架時，赫蘿以與她年輕外表不相襯的方式老氣橫秋地聳個肩，喝點葡萄酒說：

「那頭大笨驢現在是城裡的大紅人，一早就不曉得上哪去了。」

藏在頭巾下的狼耳不開心地晃了晃。

這頭其實頗為怕生又怕寂寞的狼，是認為與其單獨在城裡閒晃，還不如跟愛嘮叨的囉唆朋友同桌共餐吧。

「接連解決兩個大問題，這也難怪啦。」

一開始是困擾薩羅尼亞民生已久的高額惡債。到大市集來作生意的商人們，竟每一個都陷入還不了錢的窘況。最後羅倫斯一枚銀幣也沒花就解決了絕大部分的債款，簡直跟魔法一樣。

光是這樣就足以在城史中留名了，他還為從前解救薩羅尼亞於飢饉之中的魚塭開闢者解決了問題，最後人們在廣場挖洞作海，熱熱烈烈地演了一場戲。

如今那裡裝滿熱水，注入來自紐希拉的硫磺粉，即成臨時溫泉。大人泡泡腳，小孩直接跳下去，為熱鬧的大市集錦上添花。

不過赫蘿總跟在解決這些問題的羅倫斯身旁，憑藉不尋常的氣魄和酒品，被眾人看作掌握偉大商人克拉福．羅倫斯韁繩的少妻，同樣地廣受歡迎。

「不只是羅倫斯先生吧，不是也常有人請妳喝酒嗎？」

就在前不久，人們還邀她挑選收市慶典用的祭酒，讓她白天就喝得爛醉如泥。

現在她喝酒不怕找不到伴，說貪杯又沒幾個比得上她，有免費的酒能喝是不會拒絕才對，但她卻坐在艾莉莎對面看著旁邊，一臉的疲倦。

「那種事只有一開始好玩而已。」

「……太多人請喝酒，反而覺得累嗎。」

雖然這個異教徒的神高傲卻怕寂寞，又不喜歡被捧得太高，相當地麻煩，但被人奉為神祇的人物說不定都是這種性格。

艾莉莎想喝口不涼了的啤酒，發現剩不到一口。

午餐也已經吃完，差不多該回教堂了。

這麼想時，眼前的赫蘿表情抑鬱地啜飲葡萄酒，雞肉也只是放在嘴裡嘎吱嘎吱地嚼，燉菜一點也沒少。

再加上整個人蜷著身子，艾莉莎也看得出她不對勁。

口吐嘆息，是因為這賢狼與剛認識時一點都沒變。而那一往如昔的模樣，倒也讓人頗為欣慰。

「老闆，再來點葡萄酒！」

見到艾莉莎舉起啤酒杯往店裡討酒，對面的赫蘿都睜圓了眼。

「如果只是無聊，妳應該會留在旅舍裡睡大覺吧。是有事想對我說嗎？」

高齡數百歲的赫蘿很沒賢狼樣地縮脖子噘嘴，且似乎發現艾莉莎暗嘆那簡直跟她兒子有得比，瞪著她看。

「……不笑咱嗎？」

雖是臨時，但她畢竟是祭司之身。

「如果我會嘲笑他人的煩惱，就不配服侍神了。」

即使她這麼說，赫蘿還是別開眼睛，一口氣喝光剩下的葡萄酒，想較勁似的再點一杯。

過去應該曾受無數村民跪於面前祈禱或感謝的赫蘿，如今手拿葡萄酒蜷著身子說話的樣子，像極了老出一身孩子氣的村中耆老。

「那頭大笨驢一點也不懂咱。」

連說的話都一樣呢。艾莉莎關心地繼續追問：

「怎麼說？」

「汝知道又有人找他去處理麻煩事了嗎？」

「麻煩事？」

現在羅倫斯是薩羅尼亞最出名的人，人人都誇他能夠解決任何問題，從商人們的利益衝突到仲裁夫妻失合都找他去，讓艾莉莎不禁想像究竟會是哪一樁。

「聽說那跟汝那也有關係。」

「是喔？」

艾莉莎立刻有了數。

「談關稅怎麼定嗎？」

「咱不太清楚，就是一群差不多的城裡商人在互頂腦袋唄。」

「是那樣沒錯。」

赫蘿眉頭一皺，大概是對她的冷淡口吻不太高興。

但這時艾莉莎也嘆了口氣，讓她愣了一下。

「我也是因為這件事不想待在教堂裡。簡直看不下去。」

所以才會特地跑來這裡吃中餐。忽然間，艾莉莎聽見甩動毛織品的聲響。

「喔喔。」

見到他人的愁容，赫蘿了無生趣的表情就充滿了活力，毛茸茸的尾巴樂得也在裙子底下搖個不停。雖然覺得這種個性很要不得，但艾莉莎並不討厭赫蘿直腸子的部分。

「那些聚在集會所的人，是在討論該怎麼對輸入這座城的眾多商品制訂關稅。簡單來說，這個過程會決定這葡萄酒價格最後會變高還是變低。」

赫蘿看看手上的啤酒杯，吸收了這比喻般仰頭喝下一大口。

「賣葡萄酒的想壓低進貨價格，和他們搶市場的啤酒商則是想提高葡萄酒的關稅這樣。」

「嗯。」

「怎麼選擇去調節這利害關係的人，每座城都有自己的做法，這裡基本上是給教堂接管。」

或許一部分是因為這裡的創立神話中與聖人有關，但主要還是因為教堂也深受其利害關係影響，能藉關稅取得巨大的利益。

「說到這個，這裡教堂的主子真的是一身腥臭喔。當酒伴倒還不錯，可妳就不喜歡那種大笨驢了唄。」

「他不是個壞人，就是愛出風頭了點……」

最早請求艾莉莎協助的，是瓦蘭主教區的教堂。她在那裡與羅倫斯再會並獲得其協助，高價賣出了教堂的財產。薩羅尼亞主教聽聞此事後，便將薩羅尼亞的麻煩事包裝得漂漂亮亮丟給她。艾莉莎對工作本身並沒有怨言，但總覺得不太舒服。況且教會組織本該以清貧與節制為本，遇到這種與賺錢有關的事當然更令人糟心。

這時艾莉莎忽然驚覺自己滿嘴牢騷，趕緊咳個兩聲，發現眼前赫蘿笑嘻嘻地看著她。

「咳哼。總之這場會議會把金錢上的利害關係暴露出來，所以每個人都會無所不用其極地讓主教接受自己的要求，就把現在說話極具分量的羅倫斯先生搬出來了吧。」

赫蘿之所以不高興，是因為羅倫斯不能陪她，覺得寂寞嗎。如果是這麼單純，跟羅倫斯說一聲其實就行了，但艾莉莎也曉得，這兩個人從以前就經常鬧出不肯說出心聲，自己在一邊耍鬱悶的事。

這或許也是一種夫妻相，不過艾莉莎還是希望他們能為身邊的人多想想。

「咱知道那在城裡是一件重要的工作，而且咱也拿了很多不能陪咱的賠禮。」

赫蘿驕傲地挺起小小的胸，艾莉莎連聲說好打發。

「可是，一頭跳進去就是他不對。」

「是嗎？城裡的人真的是為這件事傷透腦筋，而且又是非得解決不可。羅倫斯先生是外地人，正好適合調解城裡的利害關係。我認為他把人家託付的任務都做得很好，而且他成為城裡的英雄人物，妳這作妻子的也很驕傲吧？」

「話是這麼說沒錯……」

赫蘿含糊其辭的樣子讓艾莉莎嘆口氣說：

「再說，我想羅倫斯先生也想多表現一點給妳看吧。」

自從在瓦蘭主教區再會以來，光是在碰面的時間裡，羅倫斯寵妻的方式就讓艾莉莎快受不了了。在這場睽違十年的旅行中，隨時都能見到羅倫斯卯足了勁的樣子。

這隻仍有顆任性少女心的狼，應該是很喜歡這樣才對啊。艾莉莎這麼想時，赫蘿嘆了一口特別大的氣。

「……都連續三次了，實在很膩吶。」

那神情好比是被一群小鬼頭煩到渾身無力的村頭老狗。

艾莉莎也總算能了解赫蘿為什麼這麼煩悶，而這種事似乎只會有一個結論。

「不如妳就跟他直說吧？又不是剛過門的新嫁娘了。」

聽艾莉莎說這麼乾脆，赫蘿蜷起身子百般不願地吸吸葡萄酒。

「說得出來就不用煩了。他現在腦袋上這把火，那個……算是咱點起來的……」

恢復真身甚至能將一支大軍打得落花流水的她，竟為了一個前旅行商人夾起尾巴，真是愈想愈好笑，讓艾莉莎對這隻狼又挖什麼坑給自己跳好奇起來了。

「妳點了什麼火？」

赫蘿挺直蜷縮的身體，對著沒人的方向聳肩縮頭，伴著不知第幾次的嘆息說：

「咱是在汝的幫助下，跟他走到一起的。」

比起她怎麼突然說出這種話，話裡的謝意更使艾莉莎不禁詫異。

「那什麼表情……咱好歹也知道是汝在背後推了一把，咱才能跟他在一起。」

看來她們同乘貨馬車時，赫蘿一直顯得坐不太住，似乎部分是因為她明白自己欠了一個大人情。

「總之，咱跟他在一起了。日子過得真的很幸福，幸福到都快變傻子了。」

「這個嘛……是沒錯。老實說，羅倫斯先生實在太寵妳了。」

高齡數百歲的狼大言不慚地回答：

「那是他自己喜歡。」

「我又沒說不是。」

成家落定才短短十幾年，感情卻比剛認識時還要好。

艾莉莎要沖走那甜蜜般喝口葡萄酒。

「不過咱牽起他的手，也能說是咱把他拉出了他原本想走的路唄？」

「這……是沒錯。」

說起來，放不下跌跌撞撞的羅倫斯比較接近事實，但赫蘿似乎有不同想法。

「妳覺得那是個錯誤？」

「……當初，如果他走上眼前開出的那條路，說不定現在已經是掌握天下的大商人了。可是咱卻說受夠了那些大風大浪，拉住了他的手。」

艾莉莎的生活圈與他們幾乎沒有交集，只有聽說羅倫斯替北方地區一個手握絕大勢力的大商行化解一場大危機，被他們挖角。

如果接受了，憑羅倫斯的才學和赫蘿的智慧，如今或許真的已經是某個城市的大富豪了。

然而艾莉莎實在無法想像那個羅倫斯成為一方仕紳，立於萬人之上的樣子，在紐希拉當溫泉旅館的主人才是恰恰好，但最愛羅倫斯的赫蘿也許不這麼想。

當艾莉莎大感無奈，聳肩感嘆戀愛總是盲目真是對極了時，赫蘿又說：

「後來……咱真的忍不住說出來了。」

「……」

大概是「怎麼這麼傻」都寫在臉上了，赫蘿不滿地露牙低吼，又像是在痛苦呻吟。

艾莉莎嘆氣並乾咳，注視赫蘿說：

「羅倫斯先生應該是認為和妳在一起比什麼都重要，才答應妳的要求的。我一點也不認為他會後悔。」

「咱知道啦！」

赫蘿的吼叫嚇走了幾隻小鳥。

接著她又忿忿地說一次：「咱知道啦。」抱起了頭。

「咱是好久沒出門旅行，一時恍神而已……而且馬車上和在旅舍過夜，有很多時間可以胡思亂想……」

赫蘿對著桌子說：

「別人家的壁爐爐火，把他跟咱共度這些年來長的皺紋照得好明顯。在自家的旅館裡，都沒注意到這種事。」

赫蘿的外表仍是兩人初識時的那個少女，到了艾莉莎需要拄楞杖的年紀也八成不會改變。對赫蘿而言，十年二十年不過是繞點小路而已。

但是對羅倫斯來說就不同了。

明明是用剛認識時那種感覺出來旅行，但是一個不經意的小動作，映照火光的側臉上，都會透露出藏不住的衰老。

艾莉莎也知道赫蘿會隨身攜帶紙筆，記錄每日大小事。

要將無情的時光洪流盡可能多少留在手中。

艾莉莎已經笑不出聲也嘆不出來，將手疊上桌上那小小的手。

「……咱發現自己從他手裡得到了非常寶貴的東西。」

赫蘿注視她們交疊的手，自嘲地苦笑著收回。

「就在這時候，咱們到那個叫德堡還什麼的商行賣汝等那座山，那裡真是大到教人目眩神迷喔。熱熱鬧鬧充滿活力，什麼都閃閃發亮。一想到咱從他手裡奪走了這種世界……就突然覺得好怕。」

艾莉莎來自小村特列歐，也曾為自己見過巨大都市的巨大教堂後產生出人頭地的衝動驚訝過。可以想像德堡商行對赫蘿造成的震撼。

不過那只是可能夢想的餘燼，實際握在手裡以後，恐怕已經沒有當初那麼閃亮。況且選擇了另一條路，不一定能得到和這條路同樣豐碩的結果。

人生這旅程很殘酷，沒有重來的機會。只能不斷思考某一次選擇是否正確，將腳下的路走下去。

即使長生不老的赫蘿早已帶著些許絕望接受了這事實，但論及自己最愛的伴侶時，也一樣冷靜不了吧。

可是艾莉莎仍然無法想像羅倫斯會後悔選擇現在的人生，表現得這麼沒自信，反而是一種很對不起他的事。既然人家那麼愛她，就該全心全意地去相信對方的幸福才對，而這也是深受寵愛之人的責任。

艾莉莎身為聖職人員，在故鄉經常替夫妻排解爭執，這種事已經見過上千回。活了人類幾十輩子的妳怎麼會被這種洞絆倒這種話，差一點就要從喉嚨裡鑽出來，但赫蘿看起來也像是為自己的失態深深反省過了。

而且赫蘿有她獨有的問題。

身為那段奇妙緣分的推手，艾莉莎強行抓起赫蘿縮回的手，為她打氣般用力握緊再放開。

「我知道妳想說什麼了。」

城裡人都說羅倫斯總是被赫蘿牽著走，乍看之下也的確被她搞得團團轉，結果反而是赫蘿離不開他才對。

但世事總是不盡人意，羅倫斯也不是個完美王子。

「就像看到他胡亂往甜得剛剛好的蜂蜜酒裡加砂糖一樣呢。」

艾莉莎的話讓赫蘿擺出打從心底難受的表情。

「一點也沒錯，而且他現在還開開心心地抱來一個超級大糖罐吶。再說咱說錯話的事，早該在之前他處理好那些囉唆的債之後就結束了。那頭大笨驢是想在清乾淨所有債以後，跟咱臭屁說能用這種魔法的他，想當大商人根本就是彈個指頭的事。」

或許這有那麼點孩子氣，但已十二分地足以抹去赫蘿的不安。有點少女心的赫蘿，喜悅肯定不小。

可是艾莉莎心想，看著羅倫斯會不禁聯想到羊或許不僅是因為他人好，還有點不善拿捏，不懂女人心的遲鈍之處。

「後來他食髓知味，要接著擺平關稅問題讓妳看他有多厲害？」

艾莉莎的話讓赫蘿嘆了口又長又重的氣。

「……就是這樣。」

她也不是不了解男人為了愛妻要耍幾次帥都沒問題的心理。

對服侍神的艾莉莎來說，能保持恩愛就夠好了，適時稱讚丈夫也是一名好妻子該做的事，但這不過是理論上而已。

艾莉莎同樣是有家室的人，和一個人好得沒下限，又有點遲鈍的男人結為夫妻。

回憶特列歐的生活，想像丈夫艾凡做出一樣的事並不難。第一次應該會很高興，第二次就會笑得有點僵，超過三次恐怕就會受不了了。

「而且，只是那樣倒還好。」

「他又怎麼了？」

「這時候汝等教會跑出來，用三寸不爛之舌把人拐走了。」

教會加上不爛之舌，誰拐的自是不言而喻。

「主教？」

「嗯，那個叫主教的為了請他幫忙，搬出了一個奇怪的獎品。然後——」

赫蘿喝著酒，但似乎是快沒了，粗魯地大聲吸光，並一臉懷疑地往艾莉莎看。

「那頭大笨驢，居然說出當當貴族也不錯這種話。」

常言道男人永遠長不大。艾莉莎也能想見羅倫斯天真地為美夢而笑的形影，和艾凡跟小孩一起鬧翻天而挨罵的樣子疊合在一起。

「那頭大笨驢在女兒跑掉以後就開始像以前那樣愛作夢了。咱甚至懷疑他是不是拿咱那個做文章吶。」

「呃……」

艾莉莎在村裡，也遇過婦女抱怨以為不用帶小孩了，結果家裡最老的開始變得很幼稚。男人不管到了幾歲，都認為自己依然是二十幾歲的小伙子。雖然她是受到那種樂觀吸引才會走到一起，但還是會希望他的言行能多符合自己的年紀。

「羊最會的不就是一臉得意地走到懸崖邊嗎？」

這種事的確是不能跟城裡的酒友說，當事人羅倫斯本身也沒有惡意，赫蘿不好說重話阻止他。

多半是苦惱很久以後，才假裝碰巧來到這巷子裡的小酒館。

艾莉莎並不討厭個性與生活方式都完全相反的赫蘿，就是因為她這種地方，又是丈夫類型差不多的同路人，捨不下她。

而且這件事那個輕浮主教也有份，同為聖職人員的艾莉莎無法視而不見。要是進一步敗壞教會的名聲就糟了。

「需要更多酒了呢。」

艾莉莎這麼說之後，加點了兩杯葡萄酒。

赫蘿說明得有點雜亂無章，艾莉莎以自身知識理過一遍之後，狀況大致如下。

首先是一群為大市集而來的商人聚在一起，討論種種久懸未果的問題，最後提到了關稅。

啤酒商與葡萄酒商是永遠的死對頭，同時啤酒商也會和烘焙公會爭搶主原料小麥。而烘焙坊自古以來就跟肉鋪關係不好，不管聽誰的都會激起其他人的不滿。

遇到這種事，基本上都是找敵人的敵人，或是利益衝突低的組織聯手來達成要求。然而身披紅大衣的地方領主擁有獨裁權，有時會聽神的旨意抽籤決定，或是找代表請行不記名投票。

在薩羅尼亞，會議是由主教主持，但教會本來就占了這座城不少便宜，不容易得到吃虧方

的支持。於是雙方陣營都推舉突然來到城裡，說話有分量又毫無瓜葛的羅倫斯作主，各方也承諾給予豐厚的報酬。

尤其是為關稅高昂所苦的木材商人，討好起羅倫斯是特別熱情。然而那也是教會油水最多之處，那位輕浮的主教為了拉攏羅倫斯，提出了一個不得了的承諾。

那就是打算賣出薩羅尼亞近郊某塊土地的領主權，也就是給他成為貴族的機會。

「汝手腳還真快。」

大致了解羅倫斯與教會的狀況後，艾莉莎立刻暫別赫蘿，針對細節作了番調查，到天色開始泛黃才跟她在廣場邊的小酒館碰面。城鎮是愈晚愈熱鬧，店家為了處理室內坐不下的客人，大多會在門口擺幾張長桌長椅。那裡也坐滿了身著旅裝或來自鄰近農村的人，當地人自然也不少，享受一年中機會無幾的歡騰氣氛。

那些人一注意到艾莉莎出現就趕緊坐正降低音量，她也只是若無其事地微笑致意，向赫蘿報告她的調查結果。

「我走了以後，妳一直喝到現在嗎？」

碰頭時，赫蘿桌上已經擺著不像是第一杯的葡萄酒，盤裡的不知豬還羊的肋骨也被啃得乾乾淨淨。

「大笨驢。事情不是牽扯到土地跟領主什麼的嗎？咱是怕那頭大笨驢又被人給騙了，但也不一定是那樣唄。」

「……是啊，是有可能。」

「走在路上都可能看到兔子睡在路中間吶。要是咱都把那當酸葡萄看，是沒辦法跟那頭大笨驢在一起的。」

不知是活得久了還是天性使然，赫蘿總有那麼些厭世悲觀的想法，羅倫斯就成了她的太陽。

「就是因為那還是有可能是筆穩賺不賠的生意，所以想調查看看到底多可信。」

那個輕浮的主教也是個面面俱到的人，艾莉莎很懷疑他真的會這麼簡單就丟出那麼誘人的甜頭。如果是赫蘿原本猜的那樣想擺他一道，還比較容易相信。

赫蘿會不會單純只是不想在最愛的羅倫斯有機會成為貴族而春風得意時潑冷水，才強迫自己往沒有陷阱的方向想呢。

究竟有無這類思量，艾莉莎無從得知。無論如何，坐在赫蘿身旁這個人就是她找出的折衷點吧。

「這片土地的事，沒人比她更清楚。妳走了以後，我就上山把她請來了。」

「那個……我對人類世界的事懂得不多喔……」

赫蘿身旁的女孩，是即使縮著身子也比赫蘿大上一圈的譚雅。

曾請艾莉莎協助的瓦蘭主教區有座傳說中的魔山，而她是長年來住在那座山上的松鼠化身。

這樣的人的確可能知道這一帶土地幾百年來的各種傳聞，請她來應該是正確選擇。

然而既然要找她，應該挑個合適的地方才對吧。

艾莉莎原本以為男性目光聚集過來是因為穿僧袍的自己在酒館太顯眼，結果漸漸發現並非如此。引起他們關注的，似乎是有著一頭蓬鬆捲髮、身體曲線遠優於艾莉莎和赫蘿的譚雅。

還有幾個想過來搭訕，結果發現近日名人赫蘿和穿僧袍的艾莉莎都在，只好笑笑就跑。

赫蘿是一點也不介意，譚雅則根本沒注意到那些視線，艾莉莎也就算了。

「譚雅小姐，妳聽說過沃勒基涅家嗎？」

艾莉莎跟來到城裡的瓦蘭主教區聖職人員打聽主教實際上打什麼算盤之後，便回到教堂搬出大事記。主教答應羅倫斯的，是從前曾由沃勒基涅家治理的土地與其領主權。

當然那不是轉讓，而是販賣。可是領主權這東西可不是有錢就買得到，一般而言，這肯定是千載難逢的機會。

「有有有，我有聽過。那時候還滿有名的，不久之前而已。」

譚雅是吃小麥麵包配水果酒，可是表情不太對，吃到一半就從小包包裡拿出像是自己烤的橡果麵包，開心地邊吃邊說。

「不久是多久？」

橡果麵包對赫蘿來說是不得已的克難食品，見到譚雅吃得那麼高興，表情變得像是想起那苦澀的滋味一樣。

「呃……那是在師父……來之前的事。山都還是禿的吧。」

「鍊金術師上山之前，就是五十年前到一百年前之間的事吧。」

非人之人將近百年的時間稱為前不久，也難怪赫蘿會將艾莉莎稱為小丫頭了。

「記得人家說他們是勇者，剿滅了蹂躪大地的大蛇呢。」

坐在對面的赫蘿，頭巾下的狼耳跳了一下。

接著赫蘿看了艾莉莎一眼，而艾莉莎當然也曉得那是什麼意思，不為所動地問譚雅：

「教堂裡的大事記也有這個傳說，真的有這件事嗎？」

「呃……我也不知道。我不太喜歡開闊的地方，幾乎不會到這裡來。這件事也是從山上挖鐵的人那裡聽來的。」

「這樣啊。」

艾莉莎點點頭，赫蘿卻不太高興地說：

「不就是守護妳們村子那條蛇嗎？」

譚雅眨眨眼睛，看看赫蘿和艾莉莎。

艾莉莎沒有直接回答赫蘿，喝一口熱過頭而酒精揮發，變得有點酸的葡萄酒才說：

「不見得吧。」

這回答不只有一種意思。

其一，那不見得是在艾莉莎出生長大的村莊特列歐奉為守護神的大蛇。

其二，蛇不見得是在保護村子。

「汝是教會的手下嘛。」

赫蘿帶刺的回答讓譚雅覺得氣氛不太對而縮起身子，但艾莉莎當然是簡單帶過。

「蛇到哪裡去了，是不是真的存在，存在的話在村子做了什麼，都沒人真的曉得。我見過妳以後，也只相信一半而已。」

「啊？咱又怎麼啦？」

看著嘴邊泛著烤肉油光的赫蘿，使艾莉莎想起她留在家裡的吵鬧餐桌。

「說不定人家只是剛好在那裡冬眠了很久而已呀。」

在遇見赫蘿之前，艾莉莎總是對世界各地異教傳說中的神祇等超自然事物有種神聖不可侵犯的感覺。可是遇見赫蘿，有機會窺見他們的世界之後，了解到他們其實跟自己差不多，只是有些不同而已。

她從懷裡取出小手絹，探出身子替百般不願的赫蘿擦嘴後繼續說：

「畢竟在太安靜的地方睡覺太孤單了嘛。」

赫蘿覺得她話中有話，艾莉莎淡淡一笑，轉向譚雅。

「妳應該不曉得吧。在我出生的村子，有大蛇的傳說。」
「呃……啊！」
「不用在意，反正我也沒見過。就只是有一個大洞，傳說以前有大蛇住在裡面而已。」
見譚雅很不好意思地低下頭，艾莉莎事務性地說下去。
「言歸正傳。沃勒基涅家從前戰勝了在平原遊蕩的大蛇，以此功勞獲得平原的部分土地，成為那裡的領主。當地的教堂在這場戰鬥中，藉神的力量協助了勇者。」
赫蘿不屑地哼一聲。
「汝等那個神，咱就從來沒見過。」
「應該吧。我想這個傳說，有可能是為了替雙方立威而捏造的。當時這周圍還有不少異教威脅，對教會來說應該有強調其存在感的必要，再小的事都想拿來當成就來宣傳吧。至於獲得勇者封號這邊，而一躍成為領主的鄉下戰士為了獲得足以統治人民的權威，也需要教會作後盾。」
這種事很常見，但其中有個疑點。
「我最不懂的是，沃勒基涅家能從這座城不少種類的關稅抽成的部分。大事記上說，那是因為他們戰勝了大蛇。」
「唔……？」
赫蘿柳眉一歪，往身旁譚雅瞄一眼。

多半只是想看她是否知道些什麼吧，但那卻讓雀躍地掏出第二個橡果麵包的譚雅以為做錯了什麼而縮起脖子。

「另外，沃勒基涅家只傳了一代還兩代就絕後了。後來，土地、領主權和一系列關稅抽成都當作遺產捐給教會。羅倫斯先生──」

艾莉莎稍停片刻才說：

「會得到的就是這個抽成、土地、領主頭銜等權利，以及他們以前那座城堡的居住權。」

「唔……」

赫蘿為難地低吟。

「獎品也太豐盛了唄。」

那是不管怎麼想，濫好人丈夫又被花言巧語騙了的臉。

「看起來不是單純的轉讓，實在很難說。雖然這牽涉到很大一筆錢，但是有很多大商人有錢也成不了貴族，光是買得到就近乎是奇蹟了。就這點來說，或許真的太豐盛了點。畢竟能仲裁關稅的人，其實已經具備作領主的能力了。」

「所以那傢伙才會得意忘形唄。」

赫蘿大嘆一聲，繃緊了嘴。

不過艾莉莎注意到，那反應底下不是憤怒，也不單純是唏噓丈夫太好騙，而是實在不想對正為了璀璨未來心花朵朵開的丈夫潑冷水而已。

不僅是羅倫斯寵赫蘿，赫蘿也一樣。

艾莉莎多少也能想像赫蘿在小村掌管麥作豐歉時受過怎樣的崇拜。相信那時候小孩睡前還會央求父母說說她的故事，是一段純樸的時光。

在苦惱的赫蘿身邊，吃著橡果麵包的譚雅忽然想起什麼似的說：

「啊，說到大蛇的故事……」

「想起什麼了嗎？」

「對呀對呀。我看過有群人在抱怨說，他們需要賣掉挖出來的鐵，可是被大蛇害得很難跟比較遠的地方作生意。」

大概是想起山林遭濫墾時的事，譚雅說得有些憤慨，與最愛的橡果麵包較勁般大咬一口。

「會記住這件事，是因為我覺得蛇幫我出了一口氣。」

「如果有蛇盤踞在那塊地上，的確是很難搞吶。咱也不喜歡有毒的東西。」

「我光是看到小蛇，就會作被牠整個吞掉的惡夢呢。」

聽了兩人的話，艾莉莎有些不解。

「……妳們會攻擊人嗎？」

艾莉莎蒐集異教神話故事時，並不是沒見過那種故事，但那幾乎是人類侵犯其聖域時才會發生。

不然大蛇在平原上到處遊蕩攻擊人類，不太符合艾莉莎對赫蘿等非人之人的印象。

「咱才不會做那種事。」

赫蘿答得很不悅，而譚雅食指點著下巴說：

「會不會是把身體伸得長長的，在平原上曬太陽啊？」

譚雅的話激起了艾莉莎和赫蘿的想像。

能夠一口吞下牛的巨蛇在草原上躺平，就算沒做壞事，也肯定會影響到各項交通。

「咱從汝那座山過來的路上，有找個還可以的地方眺望了一下。要能擋路的蛇究竟該有多大呀？」

「在我蒐集的異教神話裡，有出現過長到頭尾天氣不同的蛇……」

「如果有那種蛇，當初就把獵月熊勒死了唄。」

赫蘿說得有道理，但艾莉莎注意到以為那件事會有幫助的譚雅顯得很沮喪，趕緊補充說：

「無、無論如何，假如有條體型非比尋常的大蛇在遊蕩，人一樣不能安心送貨吧。勇者沃勒基涅趕走大蛇，讓交易網重新流動起來是很有可能的事，這也能解釋他為什麼會有關稅徵收權。」

譚雅怯生生地看了看艾莉莎，遇到救星一樣笑開了嘴。

「總之，不曉得什麼緣故，有個人因為以前的功勞而獲得一份利益，而這份利益現在就吊在那頭大笨驢眼前晃。可是……領主是吧，這麼誇張的一整套權利，那頭大笨驢買得起嗎？他應該不至於會賣掉紐希拉的溫泉旅館來湊錢……」

「咦！赫蘿小姐你們要搬來這裡嗎！」

譚雅訝異地睜大眼睛，還樂得亮了起來。

「真的要搬過來的話，我會很開心的。」

「大笨驢，怎麼會有──喔不，難說喔。現在還不曉得，別用那種臉看咱。」

譚雅隱居的山因開礦而遭到濫伐，礦脈枯竭後就獨自一棵接一棵地植林。後來和一群湊巧路過的鍊金術師變得很要好，但他們繼續旅程後再無音訊，留下譚雅痴痴地等他們回來。

這樣的譚雅很喜歡赫蘿，赫蘿也很關心她。

譚雅外表看起來較成熟，赫蘿現在就像安慰一個大妹妹一樣。當艾莉莎為此發笑時，發現她們背後有一小群人從專開重要會議的議會廳走出來。他們全是穿著體面的商人，彼此握握手或挺腰捶背，伸展長時間開會而僵硬的身子。

艾莉莎在其中發現熟悉的身影，赫蘿也哼一聲向後轉。

「咱是很不想這樣，但還是先聽聽那頭大笨驢怎麼說唄。」

天色漸昏暗，廣場點起了篝火。人潮也變得擁擠，遮蔽視線，但三個女人聚在酒館門口似乎依然顯眼。羅倫斯在赫蘿出聲前就注意到她們，吃了一驚後笑著揮手走來。

「這組合很難得喔。」

羅倫斯顯然對譚雅的出現十分不解，但他總歸是身經百戰的商人，立刻換上若無其事的表情。

「赫蘿，妳今天沒喝過頭吧？」

「大笨驢。」

丈夫的口氣讓赫蘿不太高興，又有些難為情。羅倫斯當然只是淺淺苦笑，取出腰間的錢包，一毛錢也沒拿走就直接放桌上。

「既然有艾莉莎小姐在，我就能安心交出來了。」

這裡應該說我請客才對吧。這麼不會說話，令艾莉莎直搖頭。

「那麼，我就不打擾各位晚餐敘舊啦。」

大概是羊的本能吧，羅倫斯轉身就想走。

但赫蘿這隻狼叼住了他。

「汝可是下酒菜吶。」

「……」

羅倫斯想擺出商人笑臉卻笑不太出來，是因為從赫蘿的神情裡察覺到了些什麼。

「這個，呃……」

「坐下。」

赫蘿一這麼說，她身旁的譚雅立刻慌張地讓位，繞到對面怯怯地坐在艾莉莎旁邊。剎那間，一股不同於香水的森林薰香撲鼻而來，讓艾莉莎似乎明白譚雅為何能吸引那麼多男性視線。

「我該幫你祈禱嗎？」

在羅倫斯看來，等著他的絕不是場愉快的對話。更何況赫蘿還臭著臉喝酒。

然而艾莉莎了解，她的鬱悶表情是在考慮怎麼對羅倫斯開口。

於是她無奈嘆息，代為說道：

「赫蘿小姐擔心這裡的主教有不良居心，所以來找我商量。」

羅倫斯很快就明白這個不良居心的犧牲者就是他自己。

「貴族那件事？」

這問題讓赫蘿刻意到不行地別開了臉。

「是怕我得意忘形……摔個狗吃屎嗎？」

從他們相識到現在，這種對話一定重複很多遍了。

羅倫斯商人樣地露出傷腦筋的笑容，嘆口氣說：

「損益我當然有評估過，也知道主教心裡應該有其他盤算。」

「大笨驢。」

赫蘿總算開口，整個人轉向身旁的羅倫斯。

「這些土地啊領主頭銜什麼的肯定不便宜唄，汝是想賣了溫泉旅館嗎？」

要當她是受人奉為賢狼的狼之化身，對人世的榮譽不感興趣也可以，但這隻在筵席上只會盯著酒肉看的狼，本來就沒有什麼太大的慾望吧。

艾莉莎能將懶散的赫蘿當自己小孩一樣嘮叨，就是因為赫蘿並沒有她的口氣那麼高傲，觀看事物的角度和艾莉莎沒有什麼不同，感覺很親近。

「羅倫斯先生，我也不認為那個主教會開出讓對方占便宜的條件。雖然他這個人很輕浮，總是說些好聽的話，做起事來還是滴水不漏的。」

主教在教會中位置頗高，說他的壞話還是令人有些忌憚，但那都是真切的真心話。羅倫斯有些難以招架地承受赫蘿和艾莉莎的視線，像個遭衛兵盤問的商人般說道：

「那個……可以先聽聽我的說法嗎？」

艾莉莎往赫蘿看，只見赫蘿將虎牙惱惱地扎進烤肉串。

「我是很想聽聽主教這次又說了什麼花言巧語。」

羅倫斯對艾莉莎苦笑，回答：

「我一枚銀幣都不用直接付給他。」

「啥？」

赫蘿滑稽地反問。

「主教開的條件是，如果我願意每年繳納一定獻金給他們，他就把那塊薩羅尼亞近郊的地權和隨附關稅權的領主權讓給我。」

「……」

赫蘿瞇起眼看了看羅倫斯，再以視線詢問艾莉莎的想法。

「原來如此，只要每年進主教口袋的錢一樣多，權利在不在教會手裡並不重要吧。」

「畢竟領主頭銜那些都只是躺在教堂的藏書閣裡，對主教而言其實一點損失也沒有。」

這樣就能在不傷任何人荷包的狀況下，拉攏到羅倫斯這麼一個強力夥伴。如此乍看之下簡單明瞭的交易，的確很像是那個主教會做的事。

不過在教會陷入混亂時，與各地教堂帳簿抗戰過來的艾莉莎有股強烈的預感，告訴她事情沒那麼簡單。

「如果我接受主教的條件，就會有動機去維持高額關稅，好讓我每年都付得起錢。而教會這邊呢，就算關稅調降也能拿到同樣多的錢。」

薩羅尼亞陷入惡債麻煩時，主教便宜行事，將欠債的商人關進牢裡想藉以嚇阻，反而加劇了城裡的亂象。但是在這種時候，他的腦袋就靈光了。總之就是小人性格，艾莉莎不禁嘆息。

「那麼，你要站在主教那邊嗎？」

聽艾莉莎這麼問，不在乎細節，只對結論深有興趣的赫蘿急匆匆地啃著新上桌的肉，並往羅倫斯看，一副答得不滿意就會有同樣下場的樣子。

「我有點猶豫。」

聽起來不像場面話，讓艾莉莎有些意外。

「譚雅小姐在這裡……就表示三位對關稅的由來都做了點調查吧？」

參與不了話題而顯得落寞的譚雅忽然坐直。

「這座城有部分商品的關稅特別高，據說是給勇者沃勒基涅的獎賞。」

「因為他戰勝了大蛇嘛。」

聊到譚雅也懂的話題，讓她露出可人的笑容。

羅倫斯也笑了笑，繼續說：

「那是很久以前的事了。然後有句話說，舊皮袋不要裝新酒。」

「……是說根據可疑嗎？」

「稅這種東西是人見人厭，想逼人掏錢出來，說詞就得夠有力才行。用幾百年前不知是真是假的傳說來說服大眾，效果很有限。」

那個滑頭的主教，或許早已看出傳說光輝底下的黑暗。

所以他預見關稅將會調降，將腦筋花在了該如何繼續取得同等錢財上。

就像把教會工作塞給艾莉莎那樣，他將快要燒完的蠟燭裝飾得美輪美奐，要交給羅倫斯。還補上一句：「只要你繼續用這根蠟燭照亮教堂，我就把蠟燭給你。」

「如果關稅有確切的根據，我想答應下來也許還不錯。但如果是無稽之談，這筆稅注定要調降，極有可能會吃虧。」

承諾每年都要繳納一定金額，稅收下降將造成權益人相當大的損失。主教提的這筆交易，絕不是只有好處而已。

「是說要把大蛇找出來嗎？」

赫蘿不知是醉了還是聽不下去，托著腮對羅倫斯慍慍地說。

而羅倫斯對她微微笑，轉向艾莉莎。

「感謝神的指引，我們身邊就有個人是來自有大蛇傳說的村子呢。」

羅倫斯早已大致看穿了滑頭主教的企圖。

但他似乎依然認為，自己所及範圍內還有很多資源可以擺平這問題。

這是一場藏在主教和羅倫斯殷勤笑容底下的鬥智。

贏了不只能獲得實際利益，還附贈在赫蘿面前出風頭的獎品。

艾莉莎和赫蘿四目相對，聳了聳肩。

大概是想把「你們這些人都一樣」這句話吞下去，赫蘿昂首喝了一大口葡萄酒。

只要能證明大蛇傳說為真，將會是維持關稅的有力依據。相反地，如果那只是古人捏造的無稽之談，未來將難以維持這筆高額關稅。整件事大致來說便是如此，而艾莉莎有個非問不可的疑問。

昨晚在廣場邊開過小會後的第二天，薩羅尼亞的大市集與為其舉辦的慶典進入尾聲。這慶典並沒有傳說背景，就只是慶祝今年豐衣足食，在接下來的荒涼冬季之前痛痛快快大玩一場，再硬湊個聖人故事而成的。基本上就是個大酒宴。

赫蘿替今年最後一場酒宴的儀式挑酒，一早就被人們叫出門作準備了。要為儀式作預演，跟調整服裝什麼的。

主教需要主持慶典，今天關稅會議休息一天。

於是閒來無事的羅倫斯找了個廣場邊的酒館，看人們揮汗搭建酒宴舞台。艾莉莎路過時發現他，將他請到教堂去。

「你對關稅那件事怎麼想？」

「什麼意思？」

羅倫斯拿出商人裝蒜的表情，用鎚子砸開核桃。他和艾莉莎蹲坐在教堂角落，以石階為底敲開譚雅伴手的大量核桃。

「這是正義的問題。」

「正義？」

核桃稍微烤出一個小縫，再用鐵鎚輕輕一敲就整個裂開了。

羅倫斯拿起核仁的樣子有些愉快，或許是因為覺得正義或真理就藏在核桃裡吧。

「關稅可以拿來修整道路，在溪流裝設水車，改善市場環境，僱用衛兵維護治安等等，但不是所有稅金都會用在這些事情上。」

「例如用來中飽私囊，像牛虻吸血那樣？」

艾莉莎砸下鐵鎚，核桃應聲裂開。

「這座教堂並不缺錢，如果木材能降價，人們就有更便宜的房子可以住了。」

「而且冬天就要到了，暖爐需要點火。」

「所以才說正義。」

羅倫斯並不是沒血沒淚的商人，但依然是以商人的方式思考。

「我明白妳的意思，但在接下來這個不需農忙的時間，那些靠挖泥炭賺錢的村子會希望木材關稅維持以往的高價吧。」

挖泥炭到城裡賣是農民冬季的活，買賣木材則屬於富裕商人的生意。

若要以民眾角度立論，孰是孰非實在難以斷定。

「可是你不是說過這座城的關稅太高了嗎？」

羅倫斯一邊敲核桃，一邊望著在另一個角落和城裡婦女一起敲核桃的譚雅。敲膩了的少女們，替譚雅梳整她蓬鬆的頭髮，還亂綁辮子笑成一團。

「是啊，真的很高。太不自然了。」

對於居於小村，真的會為關稅頭痛的艾莉莎而言，總是下意識認為稅不管怎麼收都會壓迫到人民的生活。對於羅倫斯有意維持高稅額，感覺實在很不好。

「你不覺得應該調降嗎？」

羅倫斯個性和赫蘿不同，不會因為心虛就別開視線，而是注視她片刻後輕笑起來。

「這座城有它的歷史背景，這不是外地人能隨便更改的。」

當艾莉莎為羅倫斯直視他人雙眼詭辯而怒火中燒後，羅倫斯終於移開眼睛。

「所以，我想要先了解歷史。」

羅倫斯看看譚雅她們，再仰望教堂高高的穹頂。這時一群婦女從外頭搬來剛烤好的麵包，頓時滿室生香，放下之後收走核桃又出去了。天還沒亮，她們就忙著為慶典烤祭祀用的麵包了。

艾莉莎不會主動想吃橡果麵包，核桃麵包就肯定好吃多了。

「你認為大蛇真的存在嗎？」

羅倫斯的妻子可是狼呢。

面對這問題，羅倫斯沒有刻意陪笑，而是真的笑起來。

「我是以為妳會積極幫我查這件事才來找妳幫忙的耶。」

特列歐村的守護神也是蛇沒錯。

「我服侍的是教會的神。」

「也對。」

被不帶感情的回答簡單帶過，讓艾莉莎火氣又大了一點。

赫蘿在時就乖得像隻蠢羊一樣，如此一對一時就變成了沒那麼容易抓到尾巴的狡猾商人。

「赫蘿小姐看你這麼得意，覺得很不放心。」

她是沒說過羅倫斯力求表現的樣子看了很肉麻，但說不定昨晚他們之間已經談過這件事。

艾莉莎從羅倫斯的商人臉孔推敲不出答案，但也沒有要把這句話踢開的意思。

「說我得意嘛……嗯，我也不能否認。畢竟這種報酬太意想不到了。」

他不像在說謊，讓艾莉莎有些意外。

「你也有這種慾望啊？」

艾莉莎實在無法想像羅倫斯身披領主大衣意氣風發的模樣，而羅倫斯自己則是難為情地笑了起來。

「說不定又要惹妳生氣了。」

「……什麼意思？」

羅倫斯敲開手邊的核桃，挑出核仁說：

「沃勒基涅家的權利裡，包含了一塊不小的土地使用權。說起來，那才是我的目的。」

「……我不懂。」

艾莉莎也懂羅倫斯不是在故弄玄虛，只是不好說明罷了，可是那究竟是為了什麼呢。想著想著，羅倫斯岔開話題似的繼續說：

「總之，現在我也只能打打如意算盤而已。俗話說，要抓住機會的瀏海嘛。」

「能抓的時候就要趕緊抓住嗎？」

「沒錯。」

羅倫斯將核桃殼丟進垃圾袋，拍了拍手。

艾莉莎看著他，忍不住問：

「你說來找我幫忙是要幫什麼忙？難道你覺得我眼光獨到，能找到大蛇嗎？」

羅倫斯自嘲性地笑著回答：

「我是看赫蘿一肚子悶氣，所以需要妳來幫忙推這件事。」

「……？」

艾莉莎一時聽不懂羅倫斯的用意，但注意到他等著看好戲的樣子，隱約察覺到找她做什麼。

「只要我願意幫你，赫蘿小姐就不得不接受了嗎？」

「狼對地盤很計較的嘛。」

艾莉莎聽了直搖頭。

羅倫斯想耍帥給赫蘿看，可是硬著來恐怕真的會讓她發脾氣。即使如此也不願放棄，應該不是為了個人成就，而是最愛的妻子。

對於工作包含以愛勸世的聖職人員艾莉莎而言，實在難以遏阻。

「你們兩個真的都還是老樣子。」

話都不說清楚，總是兜圈子顧忌來顧忌去。

「我就當那是讚美嘍。」

羅倫斯的口吻，讓艾莉莎笑咪咪地用力砸爛核桃。

慶典的準備工作在中午前告一段落，赫蘿在下午來到教堂。多半是有人請酒吧，她臉頰泛紅，但大概是昨晚跟羅倫斯有過不愉快，眼裡怒沖沖地。

而練得一臉商人面皮的羅倫斯自然是對妻子這副德性視若無睹，開口問她要不要一起去調查大蛇傳說。

還很刻意地往艾莉莎看，一隻眼睛就快眨下去的樣子，使艾莉莎嘆著氣答應了。赫蘿怕獵物被搶，也答應隨行。她也曉得自己是被他們逼上賊船了吧。

當然，他們的互動在艾莉莎眼裡並沒有虛實過招那麼高明，比較像是以心底的絕對信賴為盾的小孩子意氣之爭而已。

簡單來說，艾莉莎就是被捲入他們迂迴的打情罵俏裡。然而或許是媒人的責任感使然，她一不小心就覺得自己該奉陪到底。

於是三人帶著譚雅，搭貨馬車前往薩羅尼亞近郊的沃勒基涅家領地。

「能拿個大蛇的顱骨回來擺，事情就擺平了吧。」

大概是寒涼的秋風吹醒了醉意，赫蘿聽身旁手執轡繩的羅倫斯這麼說，拿毛毯裹上肩膀回道：

「如果有那種東西，教會早就擺出來耀武揚威了。」

「我也把大事記重看了一遍。」

和譚雅一起坐貨台的艾莉莎插嘴說：

「那種用詞不一定是消滅，也可以當趕走來解。」

對教會而言，消滅的宣傳效果是比較高才對。無論實際上是不是趕走。不那麼做，或許是因為宣傳得太好聽，人民會想挖掘真相，問狩獵的武勳究竟在哪裡。

「真的沒跑去汝等那座山嗎？」

赫蘿扭頭問譚雅。譚雅正開心地玩弄城裡女孩綁的辮子，嚇得坐直起來。

「沒、沒有。如果有大蛇上山，我應該很快就發現了。」

當時瓦蘭主教區的山因開礦而砍得光禿禿一片，視野想必是十分開闊。

「再說，人類的槍啊劍的還不一定傷得了牠吶。」

若是一條無比巨大的蛇，鱗片恐怕厚如鋼鐵，不是能一刀兩斷的東西。

艾莉莎在腦裡翻譯大事記上的教會文字後說：

「勇者沃勒基涅揮舞寶劍，刺入大蛇的脖子，大蛇昂首發出淒厲的慘叫。從此之後，薩羅尼亞平原恢復往日的和平……」

聽了這簡短的故事，赫蘿哼一聲說：

「八成只是睡到一半脖子癢癢地，起來打了個大呵欠而已唄。」

艾莉莎也輕易想像出這種畫面。

「再說要是大蛇想害人，薩羅尼亞城應該早就亂成一團了……大事記上完全沒提到城裡的損害。」

「馬和羊都比人更好吃，而且這裡視野這麼好，不可能沒看見那座城。」

「而且異教神話裡的蛇神，大多都喜歡喝酒呢。」

有個蒐集了大量異教神話的祭司養父，在遊歷途中也會主動打聽的艾莉莎回憶著說。

「所以說，真的是編出來的？」

知道主教是精打細算之後才提出這個條件，赫蘿傾向於阻止羅倫斯過度深入，認為大蛇傳說是無稽之談。

在其黏膩的視線下，羅倫斯只是聳聳肩說：

「事實是有個草莽戰士一躍成為領主，還獲得了向日益興盛的薩羅尼亞抽取部分關稅的權利，這絕對不是一件可以馬虎的小事。戰勝大蛇是配得上這種事的成就，相反地，我想不太到除此之外有什麼配得上這種事。」

艾莉莎也在心中贊同羅倫斯的想法。他果真不是見錢眼開，是仔細拿在手裡評估，猜想削磨之後會跑出寶石的感覺。

但正因如此，她才覺得有件事很奇怪。

難道羅倫斯是真心認為大蛇存在嗎？

他的另一半是傳說中的狼之化身，在純論可能與否上，較普通人大幅傾向於相信存在並不足為奇。但反過來說，他這麼做等於是企圖取得人類因戰勝大蛇這從前的異教神祇而獲得的特權。

對娶了狼之化身為妻的人而言，做這種事似乎太沒神經。

儘管狼和蛇是完全不同的生物，艾莉莎還是覺得難以接受。

再加上維持高額關稅這種有違羅倫斯素來形象，且似乎不公不義的事，讓她心中充滿問號。懷疑這個披著羊皮的前旅行商人到底在打什麼主意時，貨馬車速度逐漸緩慢，來到一個較為熱鬧的地方。

「那什麼？」

赫蘿語氣訝異，說不定是第一次見。

「船橋啊，妳都沒走過啊？」

流經薩羅尼亞東側的河上並沒有搭橋，就只是幾艘船拴在河裡，架板子連到對岸而已。羅倫斯向管理員交路費時，那船橋看得赫蘿都發抖了。

「汝真的要過這種東西啊？下面不是有船嗎，怎麼不搭橋！」

「我想是水位會因為融雪等季節性緣故大幅變化的關係。這樣是比搭橋合適多了。」

想搭一座耐得住任何水位的橋，是非常耗時傷財的事。與其擔心季節一到就會把橋沖斷，不如採用好裝好拆的船橋比較合理。即使在艾莉莎的村子，光是重搭一座小小的橋就能引起意想不到的爭執了。

回想著親身體驗，艾莉莎稍微往上游望去，發現一座以船橋方式綁在船上的水車。無論水量如何變化，船上的水車與水面始終是固定距離，可以穩定使用。而這地區很需要給小麥打穀磨粉，有無可供穩定使用的水車是生死問題。

「人類真的很會想一些奇奇怪怪的事……」

船橋連接的是人流眾多的大路，比隨時都可能斷裂的小河木橋穩固得多，而且很寬。現在就有幾個商人或村民駕駛滿載的貨馬車過橋，一點也不擔心。

可是橋畢竟是搭在船上，總是稍有搖晃，或許就是這點刺激到赫蘿的狼性吧。

反倒是能在樹上輕盈奔跑的松鼠譚雅對過船橋雀躍不已，看羅倫斯付完錢使個眼色就頭一個走了上去。

「我們也過吧。」

艾莉莎催促赫蘿後又補一句：

「妳不會是喝醉了怕走不穩吧？」

「大笨驢！」

有賢狼之稱的狼戰戰兢兢地踏出第一步，慢慢地走過船橋正中央。

河面頗寬，船隻往來頻繁。

有船橋橫在河面上，船要怎麼過呢？原來是船橋彼端沙洲再過去的部分，挖了一條供船隻通行的運河。

「是一個出色的河港呢。」

「下行貨物的關稅，也都在這裡收的樣子。」

在艾莉莎後面幾步上橋的羅倫斯跟上來說：

「到了春天來臨雪水多的時候，就會把船橋全部拆掉，讓大批木材流過去。這時候運河就可以讓船隻避開那些木材跟渾水了。」

「所以才不蓋橋吧。」

以人力搬運原木那麼重的東西並不實際。大城幾乎靠水，就是為了方便運送建材。若河上有好幾捆能載人的原木順著融雪奔流不停流下來，再堅固的橋都有危險。

一行人邊聊邊橫越河洲，穿過有官差駐守的小屋，來到運河上的小木橋前。護岸處打上了木樁且經過整頓，好幾艘滿載穀物的小船拴在這裡。對岸有一整排樓房，似乎都是倉庫、酒館以及供船員過夜的旅舍。

通往平原的路上還有許多攤販，飄散著陣陣香氣與青煙。

「要買點東西嗎？」

羅倫斯問赫蘿，但她不知在賭什麼氣，頭一撇就跳上貨馬車駕座。

艾莉莎和苦笑的羅倫斯對上視線而回以淺笑，然後從屁股把手忙腳亂的譚雅推上貨台，自己也跟著上車。

「這邊都沒有樹，好冷清喔。」

遠離熱鬧的岸邊前行一陣子，譚雅忽然這麼說。

「收割完的麥田跟剃完毛的羊一樣嘛。」

薩羅尼亞週邊是大穀倉地帶，走到哪都是田。廣泛種於田邊，用來分界遮風的灌木，反而讓這幅景象更顯寂寥。

在城裡的大市集和河邊船上堆得滿滿的麥袋，就是這廣大平原帶來的。

「咱倒是不討厭這種風景。」

駕座上略顯睏意的赫蘿說道。麥田正處於收割階段，幾個女孩搖晃著長長的辮子，用整個身體揮動大鐮。赫蘿也以溫暖的眼神注視為收穫歡騰的農村。

繼續在毫無變化的悠閒鄉道慢慢走了一段後，譚雅不自禁地晃腦打盹，艾莉莎開始需要強忍呵欠。

這時，羅倫斯搖搖睡死在他肩上的赫蘿，並說：

「妳看，看得見了。」

艾莉莎也隨之往馬車前方望去，在遠方一座略高小丘上依稀有建築物的影子。

「那是沃勒基涅家以前的城堡，現在是當穀倉或村子集會所來用。」

「呼啊……哼。」

不知是美夢被打斷還是心情本來就不好，赫蘿哼了一聲，但羅倫斯一點也不在意。

「用石頭蓋起來的，很氣派呢。」

還設有瞭望塔，或許是過去有要塞的功能吧。

「別跟咱說那整個山崗就是蛇的墳喔。」

如果蛇還在那沉睡，事情就好辦了，艾莉莎也想問問牠知不知道特列歐村的守護神行蹤。

「……赫蘿小姐應該打得贏吧？」

看譚雅在貨台上害怕的樣子，赫蘿傲然一笑說：

「還用說嗎。就算打不贏，趁他吃蠢羊的時候溜走就行了。」

手握韁繩的蠢羊聽了苦笑，繼續驅車前進。

這一帶的麥田還沒開始收割，肥碩的麥穗隨風搖曳。

赫蘿從駕座以懷念眼神靜靜地眺望麥田時，艾莉莎注意到羅倫斯也柔情地偷看著赫蘿。

這就夠她明白羅倫斯的用意了，不需要更多線索。

在教堂敲核桃時問他為何要一意孤行，他沒有說清楚。

表情是相當地害羞。

並坐駕座的那兩人在歷經迂迴曲折的冒險後，到相當偏北的地區定居，開了間溫泉旅館。對生長於平原村落的艾莉莎來說，那是一個深山都不足以形容，忍不住會想怎麼會有人開路的地方。

據說赫蘿原本住在深山裡，某天向南旅行，在十分偏南的村莊裡掌管了幾百年的麥作豐收。那裡和山影逼人的紐希拉完全不同，有著一望無際的麥田。

但艾莉莎現在非常肯定，羅倫斯並不像赫蘿所擔心的那樣，他一丁點也沒有賣掉溫泉旅館的念頭。

因為這個在酒席上奮力想討好公主，有如侍從的男子，是想在公主被鹹食撐飽肚子之後，替她準備一點甜蜜的糕點。

「好，到了。」

赫蘿究竟對羅倫斯的純粹用心注意到多少呢。

艾莉莎仍未全盤摸透，而赫蘿輕飄飄地跳下駕座，吸入滿腔芬芳的麥香，甩了甩裙襬底下毛髮豐盈的尾巴。

在那略高的小丘上，看不見薩羅尼亞城。

登上塔頂或許看得見，但一般生活上不會在乎那種事。

住在這裡的人，可以眺望四方一眼望不完的土地，盡情品嘗一城之主的滋味吧。

「這不是艾莉莎小姐嗎？」

敲響沃勒基涅古城門後，出來的是在薩羅尼亞教堂也見過的助理祭司。雖然艾莉莎不僅是助理，但怎麼說都還是臨時的職位，地位甚至不比薩羅尼亞這種大城教堂的助理祭司。他鼻子底下蓄了鬍子，以顯老方式表現威嚴，就是在為晉升做準備吧。這剃了鬍子其實看起來會很年輕的助理祭司，驚訝之餘也仍歡迎艾莉莎的來訪。

「哎呀，要處理關稅的糾紛啊？」

沃勒基涅古城遠看像個大石箱，但門後仍有寬敞的中庭，堡體也相當厚實。庭院裡有座木棚，秋收時會在這打穀裝袋吧。

感覺不像是平時有人居住，頗為清幽的感覺。

艾莉莎在穿越中庭的路上說明來意，助理祭司苦笑道：

「實在很像主教會做的事。麥田和村莊管理起來都很費力，主教是想把這些麻煩全推給他吧。」

儘管外觀是石砌，主屋一樓地面仍是夯實的土，有種熟悉的土味。

原本應是領主威風接見領民的大廳，如今雜亂地堆滿麥捆與農具，有隻不曉得是有人養還是擅自住下的瘦犬在裡頭遊蕩，以卑微的眼神窺視赫蘿。

助理祭司請艾莉莎等人到壁爐邊的長桌坐下，拿出放在火邊溫著，連酒精都烘沒了的葡萄酒。

「種麥的收入不好嗎？」

主教的目標應是維持來自關稅的抽成，來自領地的其他收益將全歸羅倫斯所有。這表示他是衡量過這裡附帶的麻煩，與稅收在所難免的減少之後，認為全押注在維持稅收上才是上策。

「就是啊。像今年這樣豐收就沒問題了，不過這種事本來就有多有寡。」

「反正他也不會因為收入差點就節省每天的無謂花費。」

薩羅尼亞主教將管理帳簿的工作推給了艾莉莎。與那些只能用散漫、杜撰、支離破碎來形容的數字一路抗戰過來的她這樣酸一句，助理祭司也只能苦笑。

「一點也沒錯。開銷都跟往年一樣，卻在那裡喊收入少很多怎樣怎樣的事，從來就沒少過。尤其是三年前特別嚴重吧，爆發黑麥病了呢。」

赫蘿喝著說客套話也稱不上美味的葡萄酒，抖著頭巾底下的耳朵往艾莉莎看，而艾莉莎當然有注意到。

特列歐村的那場風波，就是病麥造成的。吃了發黑起黏液的麥子會導致幻覺，甚至造成孕婦流產。

田裡有一個角落發病，就得燒掉整個區塊，風聲也會使得那地方的麥子難以銷售。

「那時候很難熬吧。」

「是啊，真的是忙到心力交瘁。想到人們湧進教堂問神是不是拋棄他們了，我的心還是會痛。」

聖職人員本應以分擔人民痛苦為己任，但那名主教當時肯定是將事情全推給助理祭司們，以後再發生類似問題也必然會轉手他人。

「就算不出大事，維護磨粉水車跟土地規劃這些麻煩事平常就忙不完了。如果能把小麥收入的問題整個丟給別人，這點代價算便宜了吧。」

助理祭司說完乾笑幾聲。他八成就是因為主教把工作都丟給他才會待在這裡。

看似閒適的農村，絕不是只有閒適而已。

「可是這麼說來，這筆只有好處的關稅就留下幾個疑點了。」

所有視線聚集到羅倫斯身上。

「沃勒基涅家是怎麼拿到這筆關稅權的呢？」

助理祭司的嘆息吹動鬍鬚，聳肩問：

「該不會主教是受不了木材商的逼問才派你們過來的吧？」

傳說中，勇者沃勒基涅戰勝了使這片土地陷入混亂的大蛇。

「消滅大蛇的故事是真的嗎？」
羅倫斯佯裝無知的問題，使助理祭司顯得有些為難，接著煞有其事地這麼說：
「只有神才知道了。」
他本人也不相信，但一旦說出來，就等於教會承認他們承自沃勒基涅家的關稅徵收權是場騙局。助理祭司沒有立場表明自己的想法，便拿出大城聖職人員的樣，圓滑地閃躲這問題。
「當初有留下能當證據的東西嗎？」
聽艾莉莎這麼問，助理祭司冷冷地搖了頭。看來果真是沒有大蛇顱骨這種東西。
「可以讓我們在城堡附近調查看看嗎？」
助理祭司眨了眨眼，但似乎找不到理由拒絕羅倫斯。
「請便。雖然地權一類都移交到薩羅尼亞教堂去了，從前那些繁雜的紀錄應該還留在這裡的地下室。對了對了，晚點村長和以前管理村子的人跟出入村子的商人會到這裡來，討論怎麼割麥和搬運，到時候也可以跟當地人打聽一下。」
假如羅倫斯真成了領主，這位助理祭司就不用大老遠跑來這裡管理麥作，未來也會與薩羅尼亞教堂維持長遠的關係。在這裡賣羅倫斯一個人情，為自己的升官鋪路，的確是不錯的決定。
想到這裡，艾莉莎驚覺自己自然而然就往這裡想而甩甩頭。自從離開特列歐，她對聖職人員的看法就愈來愈尖銳了。

在村裡純樸老實的人到都市賺錢，回來以後變得疑神疑鬼，再也無法輕易相信任何人的事並不稀奇。

遊歷就是能對一個人造成這麼大的變化。

艾莉莎用雙手抹抹別人口中的凶臉，累了似的吐一口氣。

這時助理祭司的話也告一段落，站了起來。

「那麼，我得找人過來準備開會跟晚餐了，請恕我失陪。各位想到哪裡看看都可以，這裡平常都是當倉庫用，沒有住人，不會上鎖的。」

「謝謝。」

向助理祭司敬個禮，等他走進裡頭房間後，羅倫斯說：

「好啦，我先去地下室跟黴味和灰塵抗戰嘍？」

「哼。」

赫蘿頭一甩不理他。這裡不是不高興，單純只是不喜歡灰塵多的地方吧。

「咱跟她去查查看地底下有沒有埋蛇。」

被赫蘿指中的譚雅愣了一下，然後開心地頷首。

「那麼艾莉莎小姐，能請妳調查城堡裡外有沒有史料刻在牆上嗎？」

按一般分組，艾莉莎通常會跟羅倫斯一起去地下室，但羅倫斯自己先這麼說了。或許是不想讓她到充滿黴味的地下室弄得一身灰，這樣的體貼的確很有商人的樣子。

於此同時，能注意這種細節的羅倫斯為何在赫蘿身邊總顯得少根筋，也讓艾莉莎心裡充滿疑問。

「好吧，能找到就好了。」

她看了看悠哉的羅倫斯和赫蘿，聳了個肩。

赫蘿帶著譚雅到外邊去，羅倫斯捲起袖子前往地下室。艾莉莎儘管不是很樂意，但還是在古城中四處轉了轉。

歷史不僅會寫在羊皮紙上，也可能刻畫在牆上。瓦蘭主教區即有這樣的壁畫，記錄著怎麼看也不知該如何解釋的真相。如果有一個祭祀大蛇的小祠在隱蔽處留存下來，事情就容易多了。

艾莉莎一邊這麼想，一邊在城堡中漫步，見到的都是見慣了的鄉村生活遺碎。

城裡沒住人，自然沒有家具，空蕩蕩的房間角落只有幾根孤伶伶的乾草。牆上隨處可見的鏤空燭台已經很久沒有使用，堆滿了塵埃。

二、三樓狀況也差不多，頂多就是存放了些一般家庭放不下的大鍋等物，也許是村民會用這裡舉行祭典或集會的緣故。

推開鬆動的木窗往外看，圍繞中庭的城牆使得視野相當差。

可能是因為這裡是從前對抗異教徒的戰場，曾遭戰火侵襲吧。

艾莉莎想像大蛇在如此人與人的戰爭中不關己事地遊走的樣子，不禁噗嗤一笑。

「勇者沃勒基涅，你真的打倒了大蛇嗎？」

據說蛇截斷了此地的物流。

假如大蛇有赫蘿她們那麼大，即使這古堡四周都有堅固的石牆，當蛇想去除脫不乾淨的皮而輕輕一蹭也會說倒就倒吧。

教堂保存的傳記裡寫到，勇者揮劍刺進了蛇的脖子。

艾莉莎認識有賢狼之稱的狼，以及在禿山辛勤種樹的和藹松鼠。在她看來，就算勇者沃勒基涅膂力大到可以砍殺異教神祇，揮劍也是最後的手段才對。

因為他們絕不是無法溝通。

關上窗，離開房間下樓的路上，忽然有道靈光打進她的腦袋。

「難道說……那跟這對狼夫妻一樣？」

艾莉莎想到這可能，有點錯愕。假如蛇的化身和勇者沃勒基涅有過心靈上的交流，想演出一場奇蹟是易如反掌。

「羅倫斯會是看出了這種可能嗎。」

見過賢狼赫蘿真面目的艾莉莎，十分肯定人類無法靠蠻力戰勝那樣的生物，更別說跟她生活了好多年的羅倫斯了。

這麼說來，若問哪種狀況機率高，要導出這種結論並不難。

大蛇與勇者沃勒基涅也許是情侶或朋友，聯手創造了這片土地的傳說。

「……的確很有可能是在城裡聽過類似的故事而模仿的呢。」

羅倫斯只有在愛妻身旁看起來少根筋，其實是個面面俱到的男子。

假如勇者沃勒基涅戰勝大蛇的傳說實屬捏造，就能解釋羅倫斯為何能面不改色地往取得地權的方向前進了。

甚至知道有他們這樣的人存在，對那個心裡有些障礙的狼或許是個好消息。

「可是……」

艾莉莎踏入中庭，走在黃昏近逼的深濃陽光中抱胸自囈。

「羅倫斯他們相不相信這件事，和能不能說服木材商是兩回事吧……他是打算怎麼說服城裡的人呢。」

問題是只有羅倫斯他們了解事實還不夠，得讓木材商也接受大蛇傳說，讓他們認同關稅的正當性。如果有大蛇顱骨那麼直接的證據，主教早就拿出來要木材商閉嘴了。

那麼應該往羅倫斯已經掌握其他鐵證的方向想才對，可是目前頭緒全無，他也沒有表現出

那種樣子。

以為將獵物趕進了死巷，牠卻在理論之路上憑空消失。

羅倫斯究竟是抓到了什麼的尾巴呢。

會只是自以為抓到了而已嗎？

「既然赫蘿小姐沒幫他，應該不是什麼特別的方法。」

事情的道理很明確，在會對又直又美的理路感到喜悅的艾莉莎眼裡，難以說明的部分顯得特別難受。

看著腳尖埋首於思考到處走著走著，艾莉莎不知不覺來到了城牆外。

在特列歐村發生這種事時，通常一抬頭就看到牽著孩子的丈夫在對她苦笑。

與那村子有一大段距離的薩羅尼亞平原中，有個少女的身影孑然坐在遍染秋天色彩的草地上。

艾莉莎回想著孩子小手的濕潤觸感，走向赫蘿。

「這裡的麥田怎麼樣？」

即使艾莉莎來到身邊，赫蘿的眼珠也沒轉一下，只有趁沒有旁人而解放的狼耳應話似的拍了拍。

「羅倫斯先生是想把這風景送給妳吧。」

一望無際的金黃之海。

比起紐希拉那樣狹小的地方，生於平野的艾莉莎喜歡這裡得多。

「笑一個給他看怎麼樣？」

想強調純真又收回去，是怕她賭氣。

「大笨驢。」

赫蘿說得很短促，但沒有力道。

拍打著草地的狼尾，沒有生氣時那麼俐落。

在她身旁默默站了會兒後，赫蘿大嘆一聲開口說：

「咱很高興他想盡量多留點東西給咱。」

手拄在立起的雙膝上，像個生悶氣的女孩望著麥田。

「留多了反而頭痛。」

艾莉莎一時覺得那是奢侈的煩惱，但又想起助理祭司的話。

「管理也是很辛苦的呢。」

「就是啊，那頭大笨驢喔……」

赫蘿將立起的雙膝攤平，改為盤腿而坐地說：

「他是以為咱甩個尾巴就能讓麥子豐收唄。」

「不能嗎？」

赫蘿這才轉向艾莉莎，瞪她一眼。

「當然是可以啊。」

艾莉莎還想反問，但問題不只是這樣。

就算能豐收，望著人們收割的年輕少女起身回城後，也見不到老伴的身影。

然而這只是艾莉莎的想法，赫蘿接著說的話現實得多了。

「麥子不是養肥就好。就跟人跑久會累一樣，土地也會疲乏。大雨會把肥土沖走，水路很容易壞，那些事咱可處理不來，日照就更別提了。至於收割以後的事，咱是一點辦法也沒有。不管能否賣出高價，還是被壞心商人騙走，咱一點忙都幫不上。人世的構造實在太麻煩，太複雜了。」

賢狼也明白種麥與經營麥田完全是兩回事。

「又不能丟下溫泉旅館不管，咱那個貪玩的女兒跟那頭大笨驢還挺像的，管理土地那麼複雜的事她實在做不來唄。」

現在人們都稱她的獨生女為聖女，但她的看法似乎與世間風評有些差距。羅倫斯和赫蘿的女兒究竟是怎樣的少女呢。

艾莉莎試著想像，卻沒來由地笑了。因為她一定是個開朗得極為耀眼的少女。

然後她將想法直接說出口。

「真是幸福的煩惱。」

即使感到赫蘿懷疑的視線，艾莉莎也仍微笑著眺望麥田，片刻才轉向赫蘿。

「不對嗎？」

赫蘿噘起了嘴，那頭轉眼就能融入麥田分辨不清的頭髮隨風搖曳著。

「沒錯。」

但出口的卻是重重的嘆息。

「跟酒和宿醉的關係還真像。」

「凡事都是適可而止最好。」

「就是啊！」

赫蘿大喊一聲橫躺下來。

「太愛咱，咱也會不好受的。」

不是害羞或炫耀，真的就是給太多愛了。

多到就近看著都會想笑。

「交給譚雅去管，說不定會管得很好喔？」

艾莉莎說說浮上心頭的想法，卻立刻轉念。

「喔不。感覺她人太好，反而不好作決定。」

「嗯，她比較適合在山上照顧樹木。她不也說她怕開闊的地方嗎？」

赫蘿坐起來抬抬下巴，艾莉莎也在那方向找到迷路般走得很徬徨的譚雅。

譚雅一注意到赫蘿和艾莉莎，就神采奕奕地向她們揮舞雙手。

「那表示這裡沒有蛇嗎？」

艾莉莎朝她揮揮手，同時問赫蘿。

「算不上有，那當年應該也差不多。」

松鼠譚雅踉踉蹌蹌地跑過來，在艾莉莎問結果前先搖了頭。赫蘿說些慰勞的話，伸手扶著她站起來。

「真是的，那頭大笨驢到底在想什麼。」

赫蘿若不積極幫忙，他應該很難得到人世外的線索。就算幫了他，若是不交出鐵證也很難說服商人。

這種事赫蘿自己也很清楚，所以和艾莉莎有相同疑問。

實際有蛇的可能原本就不大了，即使真的有，又該如何證明呢？

「和當地人聊過以後不知道會不會有發現。」

「嗯……」

赫蘿重新綁好頭巾，將尾巴收回衣襬底下。

「先不管那頭大笨驢怎麼耍肉麻了。要是看不透他在想啥，賢狼的招牌就要砸了。」

那在艾莉莎聽來不是計較輸贏，而是無法接受自己站在他身旁卻沒有相同眼光。

這隻狼是始終與伴侶互相扶持，在同樣景色、同樣空氣、同樣時間中度過。

那個善解人意的羅倫斯不太可能沒注意到這種事，可是現在兩人的心意卻無法相通。

赫蘿無奈地替譚雅摘去夾在她蓬鬆頭髮裡的麥稈與枯草，親人的譚雅笑咪咪地任她撥弄。

那光景，讓艾莉莎彷彿回到剛認識赫蘿他們的少女時代。

心想都這年紀了還想那做什麼之餘，她也為他們能夠營造那般與世無爭的氣氛感到不可思議。

自嘲地輕嘆一聲後，她也往譚雅的頭髮伸出了手，鬆開女孩們在教堂綁的歪辮子，迅速確實地重綁一遍。

動作俐落得赫蘿很是佩服，譚雅也滿意得不得了。

艾莉莎也略帶羞澀地享受這返回少女時代般的時光，途中赫蘿忽然伸長脖子，往別處望去。

「嗯？」

顧盼幾次後，視線停在城堡大門的方向。

臉還隨即皺了起來。

「那什麼表情……」

赫蘿不耐的口吻，也許是來自這呆頭鵝打擾三名少女親暱時光的舉動。他拿著一張紙揮手，笑得很開心。

對於決定一生相伴的人而言，那模樣實在太像個天真無邪的少年，不禁覺得自己需要成熟一點而嘆息。

赫蘿帶領並列的艾莉莎和譚雅走向羅倫斯。這位常被當蠢羊的前旅行商人驕傲地挺高了胸，攤開那張紙說：

「我找到證據了。」

「……」

赫蘿一語不發，一把將他手上的紙搶過來。

艾莉莎和譚雅一左一右地從背後窺探，見到一幅相當老舊的地圖。

「這啥？該不會是蛇走的路唄？」

那只是一張古地圖，就算記載了蛇的路線，也只有愛聽冒險故事的小孩會信。

然而那從前的少年面對三名女子懷疑的視線，卻不慌不忙地點了頭。

「我馬上就給妳們看證據。」

「咦？喂、喂喂喂，汝啊！」

赫蘿這麼驚慌是因為手被羅倫斯拉得失去平衡。

不解地讓他牽著走，使得艾莉莎和譚雅也不禁回頭的模樣，像極了聊起心上人卻突然被話題人物拉走的失措少女。

「……怎麼辦？」

譚雅徬徨地交纏著手指問艾莉莎。那當然不是擔心赫蘿，純粹是好奇得不得了的臉。

艾莉莎在特列歐沒有同齡的女性朋友，只能想像市井女孩在這種時候必定會跟過去看。

「去看看吧。」

譚雅高興地點頭，跟著艾莉莎走。

艾莉莎當然會好奇羅倫斯究竟發現了什麼，但整體說來，期待一臉得意的羅倫斯和疑惑的赫蘿會上演多甜蜜的戲碼還強得多了。

就像情竇初開，想看朋友戀情如何發展的少女一樣。

「哇，怎、怎麼辦？」

跑得像追著橡果下山的譚雅突然停下，手掩著嘴這麼說。

「那是他們的新家嗎？」

艾莉莎一時沒聽懂，隨後想起譚雅是隻松鼠。

羅倫斯牽赫蘿走進的，是一座石塔。

譚雅是住在樹上的松鼠化身，自然就把高塔看作他們的巢了吧。

艾莉莎玩心一起，想了想說：

「那我們就要好好調查，看這裡適不適合他們住才行呢。」

譚雅眨眨她的大眼睛，純真地笑了。

「我們來調查吧！」

艾莉莎心想譚雅這人其實很不錯，推開赫蘿他們走過的門，進入塔內。

塔內有一路往上的螺旋梯，看起來很堅固，不像是貴族為賣弄虛榮而造，讓艾莉莎頗為詫異，但也覺得奇怪。這座應是用於戰亂時期的高塔孤伶伶地立在平原上，對戰況是能起到多大幫助呢？

接著她想到薩羅尼亞側邊的船橋。萬物留存於世的形式，背後皆有其道理。想品嘗一國一城之主的感覺，登高遠望就十分足夠了。

難道是有些什麼需要從塔頂監視嗎？

那會不會就是蛇呢？

艾莉莎跟著譚雅登上階梯，不停地想。

但不管怎麼想都無法肯定，只有小窗視角愈來愈高。她慢慢地尋找歷史圖畫，越過三樓高的中庭窗景，接著是城堡的屋頂。

路上，她發現助理祭司帶著村民走過中庭。人影小如豆粒，彷彿是遙遠的另一個世界。

螺旋梯仍在繼續。

爬得喘吁吁的譚雅腳步緩慢，艾莉莎鼓勵著她往上爬。

到了頭開始昏時，她們總算比圍繞四周的石牆還要高了。

再轉一圈就能登上塔頂。

艾莉莎停下來，並不是因為譚雅累癱了，也不是會在狹小的塔頂撞上赫蘿他們。

而是牆洞外的景象釘住了她的眼。

「這……不會吧，真的嗎……？」

甚至不禁如此呢喃，在喘息之間嚥下唾沫，繼續直盯那景象看。

身為神的忠僕，艾莉莎多年來不斷手捧聖經宣揚神蹟，砥礪她的虔敬。同時她也繼承養父的腳步，持續蒐集各地異教神話，後來遇見了這對旅行商人與少女的奇特組合。

他們活在艾莉莎以為的幻想世界裡，向她展示無法想像的真實世界。如今，她又見識了一次。

傳說跨越時空，帶著如山鐵證來到她面前了。

「咦？咦咦！那是蛇的腳印嗎！」

在艾莉莎身旁窺視牆洞的譚雅也嚇得大叫。

果然不是她眼花，任誰一眼見了都會那麼想。

艾莉莎的雙眼確確實實地見到，午後秋陽下迎風搖曳的金黃麥田中，清楚殘留著擺明是巨蛇爬行的痕跡。

「可、可是，那樣的話……」

對於眼前的景象，艾莉莎強烈地感到不合理。

並對譚雅問出其中最容易確認的部分。

「譚雅，妳們不是說沒有蛇嗎……」

譚雅也驚覺到矛盾之處。

「啊，對、對呀。呃……奇怪？為什麼會這樣……？」

不太可能連赫蘿的狼鼻子也嗅不出蛇的存在。會是這條在麥田留下痕跡的大蛇，比赫蘿和譚雅她們更加超乎常理嗎？

不然怎麼能不見形影，不出一絲聲響，只留下麥田裡的痕跡。

就在艾莉莎覺得這不可能時，頭頂上也傳來同樣的疑問。

「是、是咱看漏了嗎？怎麼可能會有這種事啊！」

赫蘿似乎也無法接受眼前這片景象。聽了她吶喊般的質疑，艾莉莎也和譚雅四目相對，在嘴前豎起食指再指指樓梯盡頭。

「麥田裡……明明蛇的痕跡這麼明顯……」

再幾步就要登上塔頂，艾莉莎和譚雅卻停佇了。

「很神奇吧。在底下很難看出來，從上面看就這麼清楚。」

上頭傳來羅倫斯略顯得意的聲音。艾莉莎不難想像赫蘿氣得聳肩，尾巴脹大的樣子。

「唔唔唔……咱還是不懂。田裡絕對沒有半點蛇的氣息，而且還有別的問題！」

赫蘿想甩開惡夢似的，帶著哭腔發怒。

「如果有那麼大的蛇爬過去，麥子哪有可能不折不倒的？難道那是條輕得像霞氣的蛇，用手摸一樣爬過麥子表面嗎！」

赫蘿雖是普通人見了都會懷疑眼睛的超常生物，現在卻如此混亂徬徨。然而前旅行商人卻是以四平八穩，卻又帶了點笑意的聲音回答她。

「反了。」

「啊？」

「不是從麥子上爬過去，而是在麥子底下爬。現在應該也算是這樣吧。」

「……唔……！」

赫蘿說不出話，只發出踉蹌般的嗚咽。

是瞪眼露牙，想撲過去卻動不了吧。

其實艾莉莎也有相同心情。偷看男女傾訴情衷的少女情懷早已被她拋開，只豎著耳朵等羅倫斯解釋。

「不過，爬的不是大蛇。」

「汝說什麼！」

「喂喂喂，不要推啦，危險！」

羅倫斯說得很慌張，大概是赫蘿忍不住逼上去了。

「不是大蛇的話……汝啊，汝那對眼睛是瞎……了……嗎？」

揪著羅倫斯的赫蘿似乎想通了。

艾莉莎也能身歷其境地想像。羅倫斯手上的不僅是一張紙，還是一份古地圖。

艾莉莎不禁在口中喃喃自語。

「沒錯，那是河的痕跡。」

語調柔得宛如細細咀嚼過。

「古地圖記錄了這一帶的地形，那正好跟這個畫面一模一樣。」

譚雅扭動身體，想從牆洞往外看。艾莉莎便挪出位置，眼睛看著譚雅稍微下個幾階，耳朵聆聽來自頭頂的聲音。

「舊河道是從東方山區往西南方流過薩羅尼亞平原的。妳看，順著蛇的痕跡看過去，不就是往東邊那座山走嗎？然後上游的部分，很靠近我們過的那條河。」

赫蘿是注視過羅倫斯所指的方向，最後不甘心地轉向羅倫斯吧。

能聽見清楚的衣物摩擦聲和挾帶焦躁的腳步聲。

「根據地圖，以前這片平原上有兩條河，麥田裡那個痕跡就是乾掉的那條。」

「可、可是……」

艾莉莎和含糊其辭的赫蘿有相同的疑問。

畢竟赫蘿前不久就站在那片麥田前面。

假如河乾涸後留下凹陷的河床，赫蘿會沒發現嗎？再說那裡經過長年耕耘，只要是多少懂得如何維護麥田的人，都不太可能會讓那裡保持凹陷。

可是從前的河道卻在麥毯上留下了如此清晰的痕跡，感覺實在很奇怪。彷彿只有麥子知道從前土地的變化……想到這裡，艾莉莎差點叫出來。

有賢狼之稱的赫蘿也導出了相同答案。

「含水不同嗎！」

「聰明。聽村裡的人說，當年是河道的部分土多填了一點，麥子的生長情形就出現變化了。」

河道有許多岩石與沙礫，全部清除並不實際，便直接填土作田。雖然影響不大，但總不會和周圍土地完全相同。

「那不至於影響麥穀的好壞，可是高度和莖的粗細的確有那麼點差別。所以呢，只有在結穗的這個時期，還要到高處才會這麼明顯。這能算我們運氣好吧。」

應是望著麥田的羅倫斯，口氣悠哉地這麼說。

「這麼說來……蛇到底是什麼？」

艾莉莎也相當了解赫蘿為何如此混亂。倘若傳說中的蛇其實是這條古河道的痕跡，就需要重新整理各環節的真正意義了。

勇者沃勒基涅的傳說是怎麼一回事？他的功績會是發覺麥田顏色的細微變化，特地蓋一座塔說蛇就在那而得來的嗎？這又如何能助他獲得關稅權和領主權那些獎賞？

而羅倫斯當然是早就對所有問題找出了合理解釋，才會笑容滿面地帶赫蘿到這裡的樣子。

「截斷物流的大蛇，是真的存在過。」

「……」

羅倫斯才剛說麥田中的痕跡並不是大蛇所留，赫蘿無聲的困惑也傳進了艾莉莎心中。平時總是赫蘿說了算，現在有機會能牽著她鼻子走的確是值得玩個過癮，但羅倫斯也很清楚太過火會有什麼下場。

於是他以安撫口吻淺笑著說：

「說來話長喔。」

「……哼。」

都能看見羅倫斯對快要發脾氣的赫蘿苦笑的臉了。

「首先，勇者沃勒基涅其實不是真的殺過蛇，而是戰勝了像蛇的東西。」

赫蘿被這猜謎遊戲弄得心煩意亂，沒有回答的意思。羅倫斯似乎覺得那反應很有趣，含著溫柔笑意繼續說：

「他的武器不是劍，而是鋤頭。他堵住了一整條河。」

艾莉莎也往下走幾階，和譚雅一起從牆洞眺望麥田景觀。

「可是這就怪了，堵住一條河怎麼能當上領主呢？」

也許是無視下去心裡也不好受，赫蘿不甘不願地開口：

「……反而會被種麥的人怨恨唄。」

「對呀，然後蛇指的不單是河川。來，想想我們過船橋那時候。」

「嗯？唔……那裡怎麼了？」

「河上不能蓋大橋，是因為什麼？」

艾莉莎不禁想回答，而賢狼當然也顯露了她的智慧之光。

「不就是因為山上流下來的樹木……唔，啊！」

「沒錯，就是木材。想像看看木材連綿不斷地從河裡流下來的樣子？」

簡直就跟大蛇一樣。

「可、可是，呃……」

「到這裡，還只是一半而已。」

羅倫斯已經完全說到興頭上，艾莉莎都能看見他誇張的動作。

「我不是說以前有兩條河嗎？其中一條不往薩羅尼亞那裡去，而是到這片沒有城鎮，沒什麼人會注意的的平原來。」

「走私嗎？」

赫蘿雖是從古代生存至今的精靈生物，這幾年與前旅行商人到處經商，也見過同樣的事。

羅倫斯外表上是個好好先生，卻也有商人的一面。整趟旅程下來不可能潔白如玉毫無汙點，赫蘿也對商人的那部分有過不少見聞。

「為了躲關稅，用那條河送木材的人是不斷出現。那種事當然不能明目張膽，所以專挑晚上放流，可是隨便亂放很容易卡在轉角，塞得一塌糊塗。所以要把每根木材連接起來，串成一條細長的木筏那樣，前頭再站個人控制方向。在晚上做這種事，會出現什麼狀況？」

藉夜光視物並不足夠。

因此筏上會點起篝火，遠遠就看得見。

「就像是……黑暗中的蛇眼吶。」

「勇者沃勒基涅消滅的就是這條蛇。」

以堵住這條河的方式。

「在城裡看過地圖以後，我馬上就猜到了。其實早在木材商和教會爭執的時候，我看他們話都說得很曖昧就開始懷疑了。那八成是公開的祕密。」

某地長年來都沒人發現的真相，被慧眼獨具的過路人輕易看穿這種冒險故事情節，實際上不太可能發生。真相早已攤在眾人眼前，只是誰也不提罷了。

當時教會與異教徒僵持不下，戰勝大蛇的傳說正好適合突破這狀況，木材商則因同業長年來的惡行，說話大聲不起來。

於是雙方都不說破，彼此乾瞪眼時，一名不知道發生過什麼事，說話卻很有力的旅人出現在這裡。

所以他們都期盼羅倫斯能在知道真相之前，做出對自己有力的裁決而找上他。

「我哪會那麼容易任他們擺布啊。」

艾莉莎眼前浮現羅倫斯得意洋洋的臉，也能輕易想像赫蘿不敢領教又懊惱，說不定又帶點喜悅的複雜表情。

且似乎能聽見不甘的蓬尾巴左右搖晃的聲音。

「我想他蓋這座突兀的塔，就是為了監視平原上那條河的走私行為。妳想，譚雅小姐不是說過很久以前，商人抱怨蛇害得礦山的鐵賣不出去嗎？那應該是因為有人用河流走私，導致官府嚴格查緝，擠壓到正當管道了。常有的事。」

解決這樣的問題，使得勇者沃勒基涅獲得關稅權與領主權，的確夠合理。

「以上就是薩羅尼亞平原大蛇傳說的概略。」

艾莉莎在旅途中過夜時，有好幾次碰見旅人們聚在大廳壁爐前，手拿著酒分享各自的見聞趣事。

羅倫斯自從和赫蘿結伴旅行以後，一定每晚都是這樣過的吧。

當那熟悉的口吻結束時，被牽得直跳腳的赫蘿已經完全安分了。

「汝這個人真的是……」

「很厲害吧？」

這話說得俏皮又充滿自信，實在是恰到好處。

話說回來，其實赫蘿也不會真的當羅倫斯是頭蠢羊。

正因為他們都是這樣你弄我我弄你，赫蘿這隻狼才離不開羅倫斯。

「是啊，好厲害喔。所以汝怎麼打算？」

就在艾莉莎覺得赫蘿的口氣還是很不滿時。

她從腳步聲等動靜，感到赫蘿似乎牽起了羅倫斯的手，人也貼了上去。

「汝拿這片麥田不是要獻給咱嗎？這個真相會讓教會很為難唄。」

語氣像輕咬一口，用脖子粗魯地蹭他一樣。

「在每個人都知道真相，又各退一步不說出來的狀況下還去利用這個真相，恐怕兩邊都不會挺我。」

的確。假如羅倫斯站在教會這邊取得關稅權和領主權，繼續向木材商徵討高額關稅，木材商就可能選擇強擔過去罪行的輿論，將大蛇傳說的真相攤出來，指責教會滿口謊言。

到這裡，他輕描淡寫地公布答案。

「所以很簡單，不站任何一邊就對了。」

「唔……嗯？」

「我要對木材商說，你們以前做了不好的事，就別奢望關稅能大幅降低了。對教會那邊，我會說你們宣傳的傳說都是假的，以前搞走私的人也早就作古了，請他們對木材商多讓幾步。」

「呼……嗯。」

「然後跟木材商那邊收一點小禮，用那筆錢喝個痛快。」

如此淺顯易懂的利益，想必讓赫蘿的尾巴起了更淺顯的反應。

「可是……這片麥田怎麼辦，不要了嗎？」

要塞給她時明明那麼反感，眼看要沒了卻又覺得可惜。對赫蘿這個問題，羅倫斯多停了一會兒。

這個乍看之下少根筋的男人的這個舉動，有如輕輕放下稀世珍寶般極其細心。

「教會那邊的禮我就不收了，每年請他們送固定量的小麥到紐希拉就好。」

「……啊？」

「這樣每年用那些麥子烤麵包的時候，都會想起今天的事吧？」

酒都喝足了，再拿金幣也是白搭。

若能每年都從充滿回憶的土地換點小麥過來，豈不美哉。

赫蘿每天都很努力記錄生活點滴。在不同於溫泉旅館的陌生旅舍爐火旁，害怕伴侶的老去。

以文字記錄的回憶，也難保不會有乾枯無味的一刻。

就連河流都有乾枯的一天。

不過有滋有味的麥子，就或許能將回憶色彩鮮明地喚回來了。

「要是麥子狀況差，派繆里跑一趟看看情況就好，想自己來也行。偶爾來看一眼幫點小忙，很適合打發時間……！」

艾莉莎刻意不去想羅倫斯怎麼沒說下去。

譚雅疑惑地豎起耳朵，還伸長脖子想看個究竟，但即使一本正經的艾莉莎也知道，再待下

去很不識趣。便往譚雅肩上一拍，微笑著指指樓梯底下。

下樓的路上，艾莉莎心中滿懷感慨。

為了協助遭世局衝擊的教會，她從特列歐村輾轉走過一座座教堂。在那見到的或許並非出於惡意，但全是服侍神的聖職人員不該有的行徑。

這世界永遠是假多真少。大多是鍍點金雕點花，裝個樣子而已。

然而，偶爾也會遇上這樣的事物。

離開了狹窄的梯道，譚雅在寬敞的中庭大口深呼吸。

艾莉莎仰望塔頂，唇角蕩漾著忍不住的笑意。

不僅是因為他們感情好得沒極限，也是因為自己的心情。

「好久沒這麼想家了。」

那個總是吵吵鬧鬧靜不下來，幾乎無時無刻都不能不叱人的家。

可是對艾莉莎來說，那裡才有真正的生活。

雖然不像赫蘿和羅倫斯那麼甜蜜，但好歹都是晚上踢了被子會替他們蓋回去的親愛家人。

「……」

忽然間，她發現身旁譚雅呆立著沒動作。儘管沒說出口，同樣仰望塔頂的臉上卻充滿了欣羨與明確的寂寞。

這個松鼠化身獨自在山裡居住了很長一段時間，曾與短暫來訪的旅人成為好友，等待他們回來。

不久，譚雅注意到那視線而顯得很難為情，而艾莉莎什麼也沒說，伸手擁抱了她。良久，艾莉莎說道：

「有沒有興趣來我家坐坐呀？稍微有點距離就是了。」

譚雅眨眨眼睛，欲言又止。

於是艾莉莎半開玩笑地吊起唇角，指著塔頂說：

「當然，妳也有權利到那對傻夫妻的溫泉旅館去。」

譚雅跟著望向天空，慢慢降回視線後，已經是平常那軟綿綿的笑臉。

「好哇，我等不及了！」

沒道理放譚雅在那座山上忍受孤獨。

艾莉莎微笑點頭，少經猶豫後補一句：

「說不定在路上會遇到好對象喔。」

譚雅誇張地睜大了眼睛，紅著臉手忙腳亂了一陣，最後手捧雙頰說：

「可是我已經有師父了……」

那是多半已不在人世的鍊金術師。譚雅或許也多少認清這點了，但往好的方面想，當那是兩回事或許比較好。

「可是師父那麼好，我高攀不起……那麼，嗯……」

譚雅說話的表情其實很開心。

艾莉莎的微笑也變成歡笑，告訴她：

「竟然聊戀愛話題聊得這麼開心，我還是個小孩子呢。」

其實就是這麼回事。

譚雅聽了一點也不害臊，堆起滿面的笑容。

「我還想多聊一點呢。」

「好好好。」

艾莉莎心想，屆時當然要請來那隻狼。

因為她一定有一大堆這世上最幸福，讓人受不了的故事能講。

「好了，我們回城吧！」

艾莉莎往塔頂大喊，叉起腰來。

她也要回家了。

光是想像那個只會說好聽話的主教丟工作給她，就覺得已經受夠了。

狼與晨曦之彩

羅倫斯打從少年時代，鬍子都還沒長的就跟著來到村裡的旅行商人踏上旅途了。

師父不枉大家說他是怪人，並沒有直接傳授羅倫斯做買賣的伎倆，更不是個親切的監護人，但也不曾受過商行小伙計埋怨的苛刻對待。

回想起來，那說不定只是野貓心血來潮養起小狗而已。若要說那位師父主要是哪裡奇怪，多半是旅行生活所形成的獨特人生觀吧。

如今羅倫斯的歲數也逼近了當時的師父，在暌違多年的旅途中望著薩羅尼亞城的秋季慶典，忽然想起了他。

從旅舍望出去的城鎮廣場搭起一座大舞台，教會與城裡的大人物在台上舉行應景儀式，享受冬季前最後的狂歡。

薩羅尼亞並沒有著名的宗教活動，用當地小麥蒸餾酒拚酒即是最高潮，總是吸引各路好漢前來參賽。別說是河港上滿身橫肉的貨運工，教會也會派出對酒量有自信的年輕聖職人員，氣氛十分自由。

羅倫斯俯視著熱鬧的廣場，最讓他不禁苦笑的是完全融入其中的少女身影。

她那頭走進麥田就會立刻分辨不清的頭髮，今天難得地紮起了辮子。她個子不高，體型又瘦小，有如深閨佳麗，但其舉手投足卻有種異樣的氣魄。

羅倫斯坐在窗邊，暗說一聲狼來了，自顧自地笑著。

廣場周邊不只供酒，還有免費的烤香腸和麵包讓人隨意吃喝，如實成了一場又歌又酒的大盛宴。望著中央喝得好不快活的赫蘿，羅倫斯盤算著接下來的旅程該怎麼走。

在隔了這麼久以後想起師父，也是開啟記憶抽屜，把深處的陳年舊事也全翻出來所致。說不定是想從那裡找出一些頭緒。

盤算之餘，羅倫斯還有些得考量的事。

旅行不會只有享樂。不可思議地，即使在熱鬧的城鎮沒有任何不便也是如此。反而還有可能是過得愈快樂，未來就有愈多苦日子等著你。

畢竟旅行生活自由自在的代價，就是要在沒有任何保障中度過。

「慶典結束以後，我就要回家了。」

與他們共度這幾天的女祭司艾莉莎說出了昨天傍晚的決定。薩羅尼亞關稅權所導致的教會與木材商之爭，是以各讓一步為結局。

赫蘿對關稅會議不感興趣，先一步到廣場的小酒館喝酒，羅倫斯便與艾莉莎一起回旅舍。羅倫斯知道她是特地想趁這段短暫的時間告別，但有件事仍想不透。

「不先告訴赫蘿嗎？」

在處理關稅問題的過程中，赫蘿和艾莉莎她們似乎在羅倫斯看不見的時候有過一小段交流。儘管艾莉莎仍會糾正赫蘿，赫蘿也嫌她囉唆，感情卻是前所未有地好。

既然如此，守規矩的艾莉莎不是該向赫蘿告別才對嗎？

羅倫斯也這麼問了，但她只是淺淺一笑，別開眼睛轉向前方。

「因為，我們變得太親近了點。」

她是神之忠僕，奉行著鐵的紀律。

現在的她一反羅倫斯如此的印象，是個活生生的人。

「我不太習慣旅行，會被突如其來的思鄉病打倒。」

艾莉莎原本是在名為特列歐的小村守著承自養父的教堂，過寧靜的生活。在民間開始嚴格審視教會後，各地教會組織都找她協助處理產權問題，甚至來到了北方地區出差。

在她的故鄉，還有在羅倫斯記憶中仍是爽朗磨坊少年的艾凡，以及艾莉莎與他所生的三個孩子在等著她。

「我沒自信在她面前藏得住自己恨不得現在就出發的心情。只是……」

艾莉莎慢慢吸氣再長長地嘆出來，身體都似乎縮小了。

「可是那樣做，會讓赫蘿覺得我是個無情的人吧？」

那在旅行生活中相當常見。

前一天才開心喝酒重溫舊好，覺得對方是絕無僅有的好友，結果隔一晚就說有家人要顧而匆匆離去的感覺。對他們而言，自己不過是無數過客之一，他們還有穩固的日常生活要過。

他們將會回到爐火通明，充滿歡笑的家裡，而四海為家的人只能隻身回到靜悄悄的旅舍，隔天前往下一個城鎮。

艾莉莎也曾在短暫的旅程中嘗過這種寂寥吧。

雖然她總是盤實頭髮，以蜂蜜金的銳利眼眸緊盯真實，羅倫斯仍明白她的心其實比常人更溫柔。

難以親口告別，是因為不希望傷到那怕寂寞的狼。

「那就讓我來提旅行的事吧？我們也在打算到下個城鎮去了。」

也許這樣有點背著赫蘿跟羅倫斯作交易的感覺，艾莉莎沒有立刻回答，但終究點了頭。

接著露出自嘲的笑容。

「請別人替我說難以啟齒的話，簡直跟小孩子一樣。」

若是剛認識羅倫斯那時，她多半會秉持事實就是事實的觀念斷然告別吧。

不過羅倫斯有不同想法。

「學會適時向他人求助，在我看來也是成熟的表現。」

羅倫斯有志脫離師父單獨行商時，曾認為凡事都自力解決才成熟。

當然他很快就學到，那不過是不知天高地厚的小毛頭想法。

「……如果你不遷就赫蘿，或許會成為一個大人物吧。」

聽了艾莉莎不敢相信又像在挖苦的回答，羅倫斯直接笑出來。

「我被她馴成小綿羊了嘛。」

艾莉莎村姑似的誇張聳肩，最後笑了笑，望著別處說：

「寄信給你們的時候，我本來不抱期望，結果我們還是在意想不到的地方再會了。所以我相信，一定會有下一次。」

紐希拉和艾莉莎居住的特列歐村離得很遠，且雙方都不年輕了，一般而言很難再有偶遇的機會。

羅倫斯看著艾莉莎的側臉，自己也轉向前方說：

「這句話，妳就自己對赫蘿說吧。」

他不知道艾莉莎有沒有看他。

眼前廣場最熱鬧的酒館門前，今天也開了盛大的酒宴。

在那喧囂當中也能輕易辨識的背影輪廓，是屬於羅倫斯深愛不已的狼。

「我怕我會說得很糟。」

儘管她這麼說，當他們過去找赫蘿和譚雅碰頭，羅倫斯依約提議啟程時，艾莉莎很順利地說出自己準備回特列歐村，很高興能和赫蘿再會。

赫蘿酒喝了不少，也或許是想在已經當小妹看的譚雅面前裝裝樣子，對於艾莉莎「有緣再見」這早一步的告別不怎麼感傷。

反而已經十分期待再會般給予樂觀的回答。

當晚譚雅和艾莉莎結伴返回教堂，羅倫斯和腳步飄忽的赫蘿牽手回旅舍。赫蘿藉醉意吸收旅行中無可避免的別離，輕輕放下。

過了一晚，今天赫蘿也是一早就拚酒氣勢十足。羅倫斯從旅舍望著妻子的英姿，思考自己該如何啟程。

開啟一段新旅程，總是需要一點動力才踏得出去，而羅倫斯此行具有一個重大目的——探視獨生女繆里。只會有啟程的決心，沒有拖沓的理由。

或許是這讓他對未來起了一絲懸念，才會想起從前的師父。

那不是來自於不清楚繆里他們的所在地，或是冬季旅行的艱辛，而是更加俗氣膚淺，誰聽了都會搖頭的問題。

羅倫斯真正擔心的，是伴隨於與艾莉莎幾個意外重逢的耀眼歡樂時光退去後，那難以消散的寂靜。

他忍不住猜想，那個流浪貓一般的師父從不與人深交，說不定是認為廣識好友的商業利益，

禁不起被退潮般的寂寥吞噬，甚至到惶恐的地步才刻意為之。

他們的別離也來得十分唐突。某天一醒來，師父就不見了。

突然被單獨拋下，讓羅倫斯為了生存就自顧不暇，根本沒時間去想師父是拋棄他，還是看他資質不夠，也沒有過不捨的念頭。

總算成為旅行商人站穩腳步，能回想與師父別離的那一刻時，記憶的尖刺都已經磨平不少，沒帶來多少哀痛就沉入心底。

現在他覺得，師父給了他最高級的呵護。

味淡如水，日後卻能明白其意義深重。即使那個偏執師父的做法有無道理還有討論空間，他確實從中學到其精神的存在。當羅倫斯回顧人生，不管怎麼看都還是這點給他的幫助最大，高過任何生意祕訣。

所以在這種時候，他知道自己更應該為旅伴著想。

你的徒弟的確已經出師了。羅倫斯對記憶中的師父這麼說，喝光剩下的啤酒。

窗外，在薩羅尼亞早已成了大紅人的赫蘿甚至和壯碩的搬運工喝起了交杯酒。

「明天會宿醉，要後天或大後天才能啟程吧。」

羅倫斯喃喃地離開椅子，拎起外套走出房間。

敞開的木窗外，喝乾了酒的赫蘿正接受著眾人的熱烈歡呼。

「再見了，保重。」

艾莉莎簡短告別，就此走向往南的街道。薩羅尼亞慶典結束兩天後的清早，整座城在戀戀不捨的氣氛中開始忙著做過冬的例行準備。

她覺得再多留一天，那個以愛出風頭出名的主教恐怕又要把城裡各種麻煩事推給她，以切菜般的氣勢斷然拒絕了。

答應一起到特列歐村作客的譚雅在她身旁，頻頻回頭向赫蘿揮手。

赫蘿剛開始還會一一回應，很快就懶得動手了。

但她依然留到譚雅和艾莉莎的身影完全消失，以淺淺的微笑掩藏千頭萬緒般注視道路彼端。

「真是有夠熱鬧的。」

看不到她們倆之後，赫蘿手叉著腰，唏噓地說出這樣的話。

「沒想到會這麼忙。」

原本只是為了探望獨生女繆里而離開溫泉鄉紐希拉，在追隨其腳步的路上與艾莉莎重逢，在傳說中的魔山結識松鼠化身譚雅，解救了遭債款綁死的薩羅尼亞商人，替來自遙遠沙漠國度，比主教更像主教的人物與其村民搭起了心橋。

這使得他們成了薩羅尼亞的風雲人物，羅倫斯從紐希拉帶來，可以當溫泉粉的硫磺粉一下子銷掉一大半，還補足了近來缺乏的零錢。

同時也替紐希拉溫泉旅館「狼與辛香料亭」，向這地方的大人物作了一次熱烈的宣傳。

以旅行的收穫而言這當然是大豐收，但穗子結得愈大，收割以後的田看起來就愈冷清。

若論人生經歷，羅倫斯在赫蘿面前是抬不起頭；但若是旅行生活的經驗，他可不輸高齡數百歲的狼。

為了不讓總是猝不及防的空寂之洞吞噬怕寂寞的狼，羅倫斯事先擬好了細密的計畫。

「好啦……咱們也該出發了唄。」

高舉雙手伸懶腰的赫蘿，昨天宿醉了一整天。今天倒是很早起，一臉清爽地望著朝陽，早餐食量也大得誇張，簡直要把昨天的份吃回來一樣。

然後送艾莉莎她們離去，時間來到現在。

羅倫斯知道在這種時候，心情很容易說跌就跌。

「出發之前，要不要一起出去走走呀？」

「喔？還想找地方喝酒啊？」

見赫蘿眼睛亮得不像在開玩笑，羅倫斯的嘴角不禁抽搐起來。

「不是啦……呃，說不定也沒錯喔？」

羅倫斯話不說清楚引起赫蘿的疑惑，但知道可能有酒喝，仍開心地搖起尾巴。

「還記得我替教會仲裁關稅問題以後，他們答應每年要從名下麥田送一部分小麥給我們嗎？」

「喔，是有這件事沒錯。」

赫蘿現在顯得冷淡，但知道羅倫斯為了替她留住回憶，要教會每年送小麥到溫泉旅館時，她倒是高興極了。

羅倫斯覺得她這樣不坦率也可愛得不得了，並對赫蘿說：

「要指定好送哪塊地區的麥子來才行。」

「嗯？」

「幫那點忙就要他們送最好的麥子過來，還是不太夠。能從我們領土拿到的麥子，大概就兩隻手那麼寬吧。」

這談不上利益，頂多是禮貌性的交易。數量雖少，有貢麥能拿就稱得上是貴族了。

然而羅倫斯春風滿面，赫蘿對這件事的反應卻相當冷。

「哪裡都好唄？只要是那邊的麥，挑哪裡都差不多。」

可能是覺得特地到麥田去很麻煩，抑或是不喜歡過中途的船橋。

但羅倫斯卻推著赫蘿雙肩向前走。

「才沒有這種事。來，我們走。」

「喂，汝住手！搞什麼啊，真是……」

羅倫斯就這麼趕著嫌煩又疑惑的赫蘿回旅舍，為出門作準備。

選好麥田就要上路了，所以他們將各項行李都裝上貨馬車，向所有照顧過他們的人一一告別之後在上午出了城門。

原以為薩羅尼亞在祭典過後會變得很安靜，但原先終日玩樂的人也為了在冬天到來之前打理好一切而不甘不願地開始工作，帶來不同於慶典的活力。

這也使得船橋人流變多，搖得很厲害，害赫蘿躲在貨台裡抱頭縮成一團。

在對岸攤販買了幾片現切烤牛肩薄片擺在駕座後，她才噘著嘴爬出來。

「咱要配葡萄酒。」

赫蘿撕咬著還泛紅的牛肩肉這麼說，然而羅倫斯望著藍天當耳邊風，只管駕駛貨馬車。

路上有人扛農具，有麥袋堆成小山的貨馬車，忙碌得很。其中最醒目的，就屬肩扛比人大的大鐮刀，威風闊步的女孩們了。

能遠遠見到那座有高塔的城塞時，幾天前還鋪滿地毯的麥田到處都有人在收割了。

「嗯！有好麥的香味！」

濃濃的麥穗香乘著和風，伴隨些許土味飄送過來。

吃光肉的赫蘿舔舔手指，舒爽地任風撫過她的臉，已然換上一副好心情。

「把麥子結得好的地方記一下，這裡都隨我們選。」

「不就是兩隻手那麼寬而已。」

「是只要兩隻手那麼寬都隨我們選。」

赫蘿往羅倫斯冷眼一瞪，愉快地拍動兜帽底下的狼耳。

如此這般，兩人來到了傳說中戰勝大蛇的勇者從前居住的城塞。正門敞開，大批農民忙進忙出。

「會想起從前吶。」

赫蘿曾在名為帕斯羅的村子掌管麥作豐收。羅倫斯行商時會經過那裡，收割期和張羅慶典總是讓那裡十分熱鬧。

這裡沒有祭典，但因為城塞有倉庫與廣場，據說在農事最忙的這個時期頗有慶典的味道。

尤其是薩羅尼亞慶典結束後，城塞周邊麥田在開始收割的同時，稍遠處先一步收割的麥子也會送到這裡進行打穀工作。羅倫斯就是看準了這個特別熱鬧的時候。

因為比起單調的農地，這裡經常有酒有歌。

「喔喔，完全是慶典的樣啊！」

看赫蘿為歌聲與炊煙雀躍不已的樣子，羅倫斯莞爾一笑，繼續駛進貨馬車。

路上幾個農夫和幫手的小孩似乎當他們是往來這裡的商人，擅自坐上貨台一起進城。之前那位助理祭司正忙著監督收穫與打穀作業，向周圍村民下指示，見到羅倫斯他們而愣了一下。

「抱歉打擾，我們是為了麥子的事來選土地的。」

助理祭司一副想說：「真的嗎？」的臉，但也無暇發脾氣的樣子。

「自己選一塊喜歡的地吧。不急的話，可以見習一下穀要怎麼打。」

羅倫斯明白見習是客套話，是拐個彎要他們幫忙，赫蘿也頗為樂意。

「也讓我們的馬幫點忙吧。」

助理祭司聳聳肩，立刻吆喝起村人。

馬突然被抓去務農的怨恨視線，羅倫斯就當作沒看見了。

赫蘿和羅倫斯一起來到田裡，城邊的田已經割去不少，有人在捆麥堆準備曬乾，有人在敲椿，各項工作按部就班地進行。

「昨天還前天才開始收割而已，現在就割到這麼遠的地方去了耶。」

遠處麥田有幾個年輕女孩搖晃長辮，優雅地來回掃動巨大的鐮刀。和踩葡萄釀酒一樣，割麥也是鄉村少女的表演時刻之一。

「要到處看一看嗎？」

「其實哪裡都差不多唄。」

即使這麼說，赫蘿仍牽起羅倫斯的手，踏起輕快的腳步。

他在紐希拉也時常陪赫蘿散步，只是村裡路窄又煙氣瀰漫，一走出村子就盡是深邃的森林，打從前次旅行以來就不曾走在一望無際的平原上了。

赫蘿也哼著歌走，見到睡在麥稈間的青蛙和野兔被農民嚇得暈頭轉向，咯咯笑了起來。

「要不要乾脆把那座城塞收進口袋呀？」

站在田埂中間回頭望，能見到威風凜凜地矗立在山崗上的城塞。若搬去那裡，隨時都能這樣悠哉地散步，還附贈領主大人的頭銜，以成功傳記來說是最頂級的結果了吧。

然而赫蘿卻笑歪了腰，肩膀還抖得像咳嗽一樣，撥去肩上不知何時沾到的乾草屑並說：

「石頭房子太冷了不好住。」

「真的，我們年紀都大了嘛。」

赫蘿挑起眉，往羅倫斯腰上甩手一拍。

「不過吶，要是真的拿了那座城，繆里那野丫頭一定會樂死了唄。」

那畢竟是會拿樹枝當劍，揮個一下午的獨生女。

可是赫蘿一句玩笑話，卻惹來了羅倫斯的沉思。

那個成天跟著屁股喊爹的女兒隨著成長失去了黏性，而且年紀也到了，難保不會突然就嫁到沒聽過的土地去。那麼替她準備個石堡，讓她永遠有地方可以玩騎士遊戲也不錯。

羅倫斯一直想到發現身旁冷冰冰的視線才轉頭。

「大笨驢。」

赫蘿唏噓地這麼說，不捨地再往城塞一望，垂下肩膀。

「都這麼多年了，汝還是一樣不懂得死心。」

「……這種個性也讓我有不少收穫啊。」

「還嘴硬。」

赫蘿伸出小手輕捏羅倫斯臉頰，笑得很開心。

「行了，地就選那邊怎麼樣？」

放開羅倫斯的手，指向麥田角落。

不知是為了防風還是用來當柴火，抑或是單純當分界，那裡有一小段樹籬般的灌木叢。

「那種地方通常會結得比較好嗎？」

說不定落葉是種優秀的肥料。對種田一竅不通的羅倫斯讚嘆地問，赫蘿卻聳個肩說：

「單純是好認而已。」

「……」

羅倫斯頗為失望地往赫蘿看，被素有賢狼之稱的妻子瞪回來。

「別小看好認這種事。田的形狀比汝想的還容易變，耕田的人也會變，只有那種標記有機會留存幾十幾百年。從汝找到的那張老地圖，也能看出田形狀變了很多，可是明顯的標記留下了不少唄。」

「說到這個，以前旅行的時候，我們不是有一次幫忙處理地界糾紛嗎？那時候也是仰仗妳的智慧嘛。」

文字紀錄也會隨見解不同與時間推移變得模糊曖昧，成為糾紛的源頭。

為了迴避這種事，赫蘿提了個很粗野的議──叫小孩站在界線上，全部賞一巴掌。小孩應該一輩子都忘不了這件事，足以成為地界糾紛時的判斷基準。

然而為了兩隻手寬的土地就拉村裡小孩過來甩巴掌也未免太可憐，如此有樹籬作用的灌木叢已經是個很好的標記了。

為她果然是掌管麥作豐收的賢狼刮目相看時，赫蘿卻用責備的眼神抬望羅倫斯。

「汝安排這些，不是為了讓紐希拉那邊幾十年……不只，幾百年以後都有麥子能拿嗎？」

羅倫斯不是單純收點薄禮，而是要求教堂動用其部分領主權，請他們送麥。

那是利用自人類社會成形以來就連綿不絕，從未消失的稅史之力。如赫蘿所言，是以超過人類一生的時間長度為考量的處置。

為了只有兩隻手寬的芝麻小地的麥子做這種事是很荒唐，但是對羅倫斯來說，那是必要之舉。

因為這個相貌一如邂逅當初的嬌憐少女，是壽命比羅倫斯不知長上多少倍，高齡數百歲的賢狼。

羅倫斯為了將彼此的旅行回憶，以麥子的形式送到會長久留在紐希拉的赫蘿手上，才這麼做的。

「要留禮物給咱，就弄得漂亮一點。」

赫蘿在羅倫斯胸口輕拍一下。總是道高一尺的赫蘿，讓羅倫斯感到特別安心。

「真是比不過妳耶。」

「是唄？」

羅倫斯牽起吃吃笑的赫蘿，翩然轉身。

「那我們就把那塊地的權利記在羊皮紙上，然後去幫忙打穀什麼的吧。」

「別把腰又搞壞嘍。」

「唔……」

「也罷，那樣咱也能在熱鬧的城裡多喝幾天酒，無所謂。」

「人家應該會開始向妳討酒錢了吧。」

在薩羅尼亞成為大紅人的赫蘿酒風豪放，走到哪都有免費酒能喝，但現在應該有些店家已經被她喝怕了。

「不要老是計較那種小得小失。」

「如果我真的有在計較酒錢，我每天都會問自己是不是應該種葡萄，而不是開溫泉旅館吧。」

「大笨驢！」

赫蘿用牽著的手砸羅倫斯的腰。

「這樣不就只能喝葡萄酒了！」

口氣不太像開玩笑，羅倫斯只得投降。

「在這份上，紐希拉就什麼酒都有了，而且有溫泉能泡，喝什麼都香。」

被艾莉莎聽見，可能又要嘮叨了，但羅倫斯很清楚總愛殷勤獻酒逗她高興的自己也有責任。

「真想要一口會冒出酒的湧泉。」

「這倒是個好主意。」

或許雙方動機有些差異，羅倫斯沒有刻意指出來，無奈地牽起赫蘿的手回到城塞裡。

在單調的粗活場地，唱的幾乎是調子簡單一再反覆的歌。羅倫斯和赫蘿很快就記住，拿起以繩子串起的兩根打穀棒，和村民們一起邊唱邊敲麥穗。

赫蘿雖在帕斯羅村過了數百年，只有很久以前實際協助收割工作過幾次，後來都是單純守望。

沒多久就放下只需要揮的打穀棒不是因為厭煩，而是好奇心讓她想摸摸看其他農活。她一下走進曬穀場，咬咬看麥子檢查是否徹底曬乾，一下幫忙從大盆裡挑出麥殼雜物。搖大盆需要訣竅，赫蘿腰搖盆不搖的傻樣惹得周圍女孩笑個不停。

古城周邊的收割作業不是一兩天就能結束的事，大夥也不是咬牙苦幹，而是輪班休息，慢慢來就好的氣氛。

當羅倫斯也開始投入如此單調工作，就有個村民提議與他換班。即使遺憾，他還是交出了打穀棒。

「那麼……」

環視四周，城塞熱鬧的中庭裡沒有赫蘿的影子。到處打聽後，有人說她到麥穀堆那揀劣麥，然後到城塞主屋去了。

儘管已入深秋，豔陽高掛時依然相當熱人，羅倫斯猜想昨天嚴重宿醉的她說不定已經受不了去休息了。赫蘿平時生活懶散，遇到這種不僅需要體力的工作，很容易一下就耗光體力。

雖有些擔心，會主動去休息就表示應該還好，羅倫斯便決定先去解決貢麥的事。他從行李中找出羊皮紙，前往總指揮助理祭司的房間。

「地還好了嗎？」

助理祭司正在倚著大房間牆壁擺放的大木板上，用炭筆記錄麥穀收穫量與各田地收割狀況。他連擦臉上炭渣的力氣都沒有，疲憊地望向羅倫斯。

從前勇者沃勒基涅的領土權利，如今全歸薩羅尼亞教堂所有，然而握有權利並不等於凡事順利。

領地需要天天管理，收割期需要找人指揮、收稅、了解結穗好壞變化，盡可能化解所有弊病與不公。

獨擔這一連串差事的助理祭司，在羅倫斯他們來到這裡處理關稅權問題時接待得十分親切。就算那是因為他想把這裡年復一年的繁重工作推給羅倫斯，看他這樣子也怪不了他了。

「是啊，我們找到一塊不錯的地方，所以就來報告了。」

助理祭司記錄村民報告事項的大木板，寫滿了大量數字，一個年少的見習聖職人員抄得要死要活。另外還有一塊板子，用炭筆畫上了領區略圖，羅倫斯指著它說：

「就是出城門後西南邊，第一個灌木叢邊的田。」

「喔，那裡啊。幸好很好認。地界糾紛的事，多到足以讓我們頭痛一整年呢。」

看來赫蘿提出的容易分辨，其實是件很重要的事。

助理祭司收下主教給羅倫斯的兩份權狀，喊幾個村民的名字，並要求那名見習聖職者在交界處劃出一大步的區域。

「我謹奉神之聖名，宣布此權利歸你所有。」

接著交互看看兩張羊皮紙，將一張交給羅倫斯。

「願神榮耀永存。」

聽羅倫斯這麼說，助理祭司嘆息似的嗯一聲，扭扭似乎僵得很厲害的脖子。

「您辛苦了。」

「真想泡泡你在薩羅尼亞弄的溫泉。」

「我家溫泉旅館隨時歡迎您。」

羅倫斯笑咪咪說出的廣告詞，惹來助理祭司的苦笑。

「紐希拉不都是祕泉嗎？聽說去那裡的都是大主教那種等級的人。」

「那實在有點誇張了。但就算是真的，我相信不久的將來也能承蒙您賞光。」

他這麼年輕就懂得蓄鬍裝老凸顯威嚴，絕不是省油的燈。只見他稍微亂掉的鬍子底下，嘴角高高翹起。

「我每年都會記得送麥的。」

「有勞您了。」

這位助理祭司一定會登上高位，成為溫泉旅館的顧客吧。

羅倫斯這麼想著，捲起墨水已乾的羊皮紙收進懷裡。

「對了，你太太人呢？今天還有什麼打算，不如就在這裡過夜吧？」

助理祭司或許是出於體貼，不過對話期間還有幾個人在房外等著報告呢。

於是羅倫斯簡短回答：

「我們會在傍晚前離開，從河港搭船到海上去。」

「這樣啊，也不錯。」

那笑容多半是在慶幸不必多費力氣整理房間吧。

「告辭了。」

見羅倫斯行禮，助理祭司也恭敬地回禮，隨後又回到工作上。羅倫斯穿過排隊的人身旁離開大房間，手叉著腰輕聲嘆息。

「好啦，赫蘿那傢伙上哪去了？」

古城塞算不上小，儘管太陽依然高掛，光線就是不易照進城塞這種建築的深處，到處都淤積著陰鬱的氣氛。

她應該不會迷路到躲在哪個角落啜泣，但仍有觸景生情的可能。

羅倫斯是為了不讓她在有艾莉莎她們的那段熱鬧又忙碌的日子結束後，被突然冒出來的大空洞絆住了腳，才帶她到這個因農忙而騷嚷的地方來。從五樓屋頂一口氣跳到路上難免會受重傷，但只要先跳到隔壁的四樓屋頂，再跳到三樓屋頂、二樓倉庫一層層下來，就能用自己的腳走回家了。

在這個吵鬧的地方喘一口氣後，接下來就要回到河邊搭船了。船上不只會有船夫的船歌，下游還會有拖船人的吆喝聲，河邊路上人們活潑的招呼聲等，充滿愉快的喧囂。而且河上每過一段就設有稅關，可以和小販說說話。到了能在河口看到沿海港都時，就能暫且放心了。

感覺艾莉莎會說這樣太寵赫蘿，但羅倫斯認為盡一切努力就是他的使命。

而且最近，他還開始以赫蘿覺得過度貼心太肉麻的樣子為樂。

羅倫斯這麼想著，在城塞裡到處找人，打聽到赫蘿一手拿著人家給的酒，到三樓倉庫去了。他便走過二樓有壁爐的大廳裡修補衣物的婦女，磨利鐮刀裝回柄上的男人，和坐在樓梯上從不能賣的劣麥中挑堪用麥穀自己吃的孩子們身邊，往三樓去。

三樓也有不少人在忙東忙西，哪裡都靜不下來，應該沒地方給赫蘿感傷。

張望她究竟在倉庫哪裡時，有四個男人合力搬出一個可以當泡澡桶的鐵鍋，大概是要為大夥做午餐了。後頭有個人頭頂三個疊在一起的小深鍋，在左邊腋下抱著一支能裝進嬰兒似的巨大湯匙走出來的，正是赫蘿。

「……妳在做什麼？」

為那說是祭典戲服也會信的怪異裝扮詫異時，赫蘿用不讓頭上鍋子掉下來的奇怪姿勢轉向羅倫斯，用下巴指了指倉庫。

「別在那打混，裡面還有串烤用的大鐵籤，全部拿出來。還要用木桶裝薪柴木炭，有多少裝多少！」

赫蘿把話說完就小心翼翼地不讓鐵鍋滑落，跟著搬大鍋的男人們走掉了。

從他們出去的倉庫門口擺了些沒喝完的啤酒杯來看，赫蘿大概是休息到一半遇到來搬大鍋的男人，就繼續找事來做了。

幹勁這麼高，應該是期待能飽餐一頓的緣故。

還以為她一定是坐在窗邊或倉庫角落發呆，幸好沒這回事。羅倫斯盡可能地將她吩咐的東西全抱起來，跟下樓去了。

有些商人會配合收割期到產地買今年的好麥，而他們伴手的酒肉，讓午休時間完全變成慶

典的樣了。

在中庭堆起的簡易爐灶上架起了烤全豬。在每次滴油激起的香濃燻煙中，人們用成人手臂那麼大的刀子削肉，隨興夾在麵包裡分給大家。臉上沾了灰的赫蘿，在炭苦味恰到好處的肉上灑滿了芥末。

衣襬底下的尾巴脹得胖嘟嘟地，但在這喧噪中誰也不會發現。

羅倫斯以指尖抹去赫蘿臉上的灰，自己也咬一口麵包。

到了烤架上不停旋轉的豬被削得剩骨架子的時候。

羅倫斯牽來了馬，哄著不捨的赫蘿離開城塞。

城塞外，有人吃飽了躺在草叢裡休息，小孩驅趕到田裡撿麥的小鳥，開心得又叫又跳。

赫蘿沒坐駕座，在貨台平躺下來，用全身接受依然高懸的陽光，聽著那喧囂在耳邊迴盪，滿足地拍拍肚皮。

「還不要睡喔。」

羅倫斯駕著貨馬車這麼說，赫蘿小唸一聲：「大笨驢。」但已經含糊到快聽不清楚了。

「……呼啊啊……啊呼。再來要去哪？」

赫蘿邊說邊打橫，不折不扣就是要睡覺的樣子。

羅倫斯聳肩回答：

「回到城邊那條河，坐船順流而下。」

「嗯哼……」

「拜託妳行行好，要睡上船再睡。要是睡呆了，上船時摔進河裡就糟了。」

沒聽到「大笨驢」讓羅倫斯回過頭，只見赫蘿已經縮成一團，鼻息陣陣。

「真是的。」

羅倫斯輕笑著握緊韁繩，策馬前進。

目前都照著計畫走。

他將這想法藏在笑容底下，循來路來到河港時，赫蘿醒得特別乾脆。

「喔？那個馬夫真有一套。」

上船後赫蘿佩服地這麼說，是因為有個馬夫牽托送馬匹的技術非常厲害。他一口氣連結十匹馬，先一步趕往下游去。

「貨馬車是回來再拿嗎？」

赫蘿往綁在船後頭的另一艘船看，並這麼問羅倫斯。船上沒有貨馬車車體，只堆放卸下的行李。

「不了。我們會在下游的港都拿一個同樣的貨台。一起送上船還滿花錢的。」

「嗯。這就是汝等人類的智慧嗎，挺方便的嘛。」

這發想是來自利用匯票代替搬運現金吧，很類似。

「啊，有件事要先跟妳說。是關於萬一翻船的時候。」

「嗯？」

「那些硫磺粉就算了，只有這一袋妳千萬要抓好。」

從貨台搬上船的行李中，有一部分擺在羅倫斯腳邊。

那沉重的袋子裡裝滿了來自薩羅尼亞的零錢。

「大笨驢，咱才不要跟那種東西一起沉到水底。翻船的話，要顧的是這個。」

赫蘿往小酒桶拍一下。

那是從薩羅尼亞便宜收購的小麥蒸餾酒，有能燃燒的水之稱。

「邊喝邊抓著它，就能一路漂到港邊去，不怕溺死了唄？」

「……不要喝醉睡著的話。」

「河裡多得是水可以醒酒。」

儘管傻眼，羅倫斯還是有點想看赫蘿笑呵呵地順水漂的樣子。

「好，出發了。」

「嗯。」

確定最後一項行李上船，船夫解繩推篙後，船慢慢離岸。這批前往海口的船共有六艘繫在

一起，載滿了人和貨物。羅倫斯和赫蘿能單獨兩個寬裕地坐在第一艘船，是因為他們現在是薩羅尼亞的大紅人，享受了特別服務。

回想起認識赫蘿之前旅行商人的待遇落差，羅倫斯忍不住笑出來。

「笑啥？」

鋪好厚毯，在羅倫斯雙腿之間準備隨時睡著的赫蘿，發現背後有笑聲而問。

「我在笑這段路可能會特別優雅。」

赫蘿轉轉泛紅的琥珀色眼眸，愉快地瞇起。

「這種旅行最適合咱了。」

「就是說啊。」

手一擺上赫蘿的頭，狼的尊嚴就不知上哪去了，頭主動擠過來要他多摸一點。

今天天氣晴朗，上游有幾天沒下雨，河面靜幽幽地載著船緩慢西送。午後陽光溫暖，船夫歌聲格外嘹亮，河邊農事的喧囂遠遠地搔弄耳際。

不是乾柴烈火那麼吵鬧，而是從結實纍纍的葡萄串上一顆一顆摘下來吃的悠閒旅程。

赫蘿又發出鼾聲，嘴唇不時傻呼呼地蠕動。

雖想說諸事圓滿，但走了一段後，羅倫斯發現速度有點過慢，甚至可能黃昏都還沒到海口。船夫表示，想在日落前到港都就得搭早上的船才行，下午的船要在融雪季或上游下雨的日子才趕得上。

並建議他們在出海前的大稅關過夜。

赫蘿以為一醒來就能看到海，到時說不定會為羅倫斯漏算這點咬人。可是人改變不了流速，預定停靠的稅關也是個還算熱鬧的河港，在那留宿一晚也不錯。

在溫暖日照的燻烤下，羅倫斯也環抱有點炭味的赫蘿閉上眼睛，一下子天就黑了。

赫蘿醒來時發現還在河上，果然埋怨了羅倫斯在最後關頭掉以輕心，但河港的獨特風貌旋即讓她心情好轉。

羅倫斯將零錢袋等貴重物品帶下船，請薩羅尼亞的商會分行保管，順道訂好房間。

他們的事蹟當然也傳到了這裡，一切暢行無阻。

這裡離海還有段距離，但地勢平坦，望向海所在的西方能見到大得令人生畏的寬廣天空。那是清澈的藍色夜空，與火紅晚霞交摻出的壯闊景色。在河邊小酒館裡，那畫面迷得赫蘿連送上桌的啤酒都忘了拿。

在紐希拉山頂也能見到類似景象，但天空的大小顯然與一望無際的海邊無法比較。

從前和羅倫斯一起旅行時，赫蘿當然也見過大海，而風景這東西總是隨季節與地點變化。

再往下到了海港，夕陽落海的畫面肯定又是另一種意趣。

羅倫斯啃著串烤鱒魚這麼說。赫蘿沒看他，含糊點頭也沒有，依然痴痴地凝望晚霞。連羅倫斯都很少見到她這麼空白的表情。

「會涼掉喔。」

宛如心髓最後的薄膜也通通剝開般無所設防。

羅倫斯明白，那不算悲傷，也很難稱得上樂觀的奇妙表情是他永遠所無法理解。那是活了數百年的人見到亙古不變之物時才會有的情緒。

同時，他也知道那對赫蘿來說不是愉快的情緒。

這種時候，羅倫斯能做的就是陪伴著她，然後感受到自己為了讓赫蘿快樂長久而費盡心思研擬的計畫，在不容抵抗的自然暴威面前是多麼無力。

他看著淚珠從赫蘿面無表情的眼角滑落，在桌上滴出水痕，將嘴裡鱒魚的鹹香白肉吞了下去。

還能吃出滋味，不是因為他成熟到看淡生老病死。而是人生已經過半，接受了不必挺身面對世間無奈，隨波逐流即可這種近似放棄掙扎的想法。

「魚會涼掉喔。」

羅倫斯重複這句話，絕不是出於貼心。

而是既然自己無能為力，不如就享受當下，大搖大擺走到最後。
站在如鏡湖面上的赫蘿，被傻小子踩出的漣漪喚回神才終於找到岸頭。
儘管離岸邊有段距離，見到羅倫斯就讓她安心地笑了。
「真的好香啊，涼掉就可惜了。」
赫蘿的表情透露出一絲想在夢裡聞香的不安，最後躊躇地咬一口魚才總算肯定這不是夢。
「再等一下還有音樂可以聽的樣子。」
羅倫斯用下巴指向往河面開放的店門，有個樂隊正在設置樂器，準備賺上一筆。羅倫斯他們的位置，能清楚見到稅關邊不斷有船停靠，想用美酒為今天畫下句點的人們迫不及待地陸續上岸。
河港與有牆圍繞的城鎮不同，管得比較鬆。從傍晚顧客還很稀疏來看，這裡平常都是愈晚愈熱鬧。
「好玩的就要開始了。」
羅倫斯這麼說之後，一口咬掉半條鱒魚的赫蘿喀喀喀地咬碎骨頭看向他。
吞下去再一口吃完剩下的半條，舔舔嘴唇。
「好像要打嗝了。」
這讓羅倫斯擺出嫌棄的臉，赫蘿唇邊也泛起你奈我何的笑，用木籤指向羅倫斯說：

「不是魚害的，是汝害的。」

還來不及問，赫蘿已大口灌起啤酒，痛快地呻吟著將木杯放在桌上，緊接著再點一杯。

「不是汝還會是誰。」

赫蘿再次強調，真的粗魯地打了個特大的嗝。

然後用滿意得不得了，終於除掉哽喉之刺般注視羅倫斯。

「光是吃汝給咱準備的東西，一天就過去了。」

赫蘿又拿一條烤鱒魚，親吻似的把嘴湊過去再大口咬下。

「以後又是孤單的雙人旅行了吶。」

整張嘴都塞滿了鬆軟的鱒魚，卻一丁點也沒掉出來。

吞下去之後，立刻補一口剛送來的啤酒。

「特地跑去一行字就能解決的麥田，參與人家熱鬧的收割工作。出紐希拉的時候還為了省錢走陸路，現在卻坐船要出海了。喔不，那說不定是汝被腰痛嚇到，不敢再省了。」

赫蘿由衷而笑，又大嘆一聲。

再度望向即將被夜晚吞噬的晚霞餘暉時，臉上已經沒有先前的空白。

「咱知道那都是汝為了讓咱旅行上一路開心不難過，特地安排的。」

赫蘿瞇起眼，緬懷回憶般歪著頭閉眼又張開。

「那讓咱開心得不得了，包含汝時不時的那些欠揍樣。」

羅倫斯舉起雙手表示投降，赫蘿便拿出王者風範從輕發落。

「和汝一起旅行，每天都過得很快樂。可是說也奇怪，無聊的時候也很快樂。」

「嗯……嗯？」

回問時，赫蘿又向路過的女侍點了份肉。

「可是不只是剛認識汝那時候，就連在溫泉旅館咱都沒發現吶。」

赫蘿將仍拿在手裡的木籤放進嘴裡咔咔地咬。

「旅程上那些寂寞、悲傷和不知道怎麼辦的難受情緒，現在都讓咱很快樂。」

「呃，這是說……」

赫蘿對疑惑的羅倫斯靦腆地笑了笑。

「很奇怪唄？傷心會傷心，難過也是會難過，可是這些上坡下坡，就連在坑洞底下抱著腿縮成一團，咱全都覺得很快樂。」

羅倫斯不覺得那是在哄他，不知所措地一個勁眨眼。香腸上桌，難得赫蘿切了他的份，他便慢慢地拿過來吃。

嘴裡爆開的油脂香甜可口，挑起喝啤酒的強烈慾望。

「咱說不定是遇見汝以後才開始享受生命中的一切。」

這麼說之後，赫蘿以不輸獨生女繆里的天真表情大口咬香腸。

「可能就像啤酒又苦又好喝一樣唄。然後……對了，咱不會要汝住手。畢竟是汝約好會一直照顧咱才有這個命娶到咱的。」

儘管大言不慚，但說得那麼清楚，反倒讓商人出身，樂於信守契約的羅倫斯覺得高興。

「所以咱要跟汝點單了。只有快樂的每一天是很快樂沒錯，可是咱想在汝身邊多享受一點寂寞。也想多體會那個囉唆的小丫頭和毛茸茸的黏人松鼠走了以後，熱鬧日子突然結束，心情不知道怎麼放下的感覺。還要仔細嚐嚐沒得宣洩的悲傷，為它哭哭啼啼一整天。」

羅倫斯覺得那似乎不太健全，但調完音的吟遊詩人進入視線之後，他發現事情不是那樣。他們可能各有地盤，分散到不同店家去，用一句「各位大爺幸會」開頭，讓眾人點歌。

在旅途中，羅倫斯曾聽過一件事。

真正得花錢聽的歌，不會讓全場歡聲雷動，而是掉淚。

「在汝身邊，咱就能放心地哭了。」

人生不會只有快樂，但這跟聖職人員口中人生而有罪，本就該時時受苦不同。

快樂的相反是不快樂，表示這世界上還有一倍的快樂能享。

「喂，可以點一首嗎。」

赫蘿向一名吟遊詩人出聲，再用下巴指指羅倫斯。早已被她馴得服服貼貼的羅倫斯趕緊掏出零錢塞給詩人。

「小姐想聽什麼樣的曲子？」

這個詩人和紐希拉的頗為不同，草莽味頗重，說不定會在城裡做些小偷小摸的事。

而赫蘿對他這麼說：

「咱要特別熱鬧的歌，會刺進耳朵裡那種。」

詩人的眼睛略為睜大，豪放地笑。

彷彿在說接受挑戰。

正好有大批水手鬧哄哄地走進店裡。

要點火正是時候。

「那就聽我這首連神都會跳起來的歌吧！」

騷然彈響的樂聲使酒客伸長了脖子。

很快就有些熱情的人配合詩人踏腳打起拍子。

女侍擔心河邊露台被他們踏壞，緊張得要死，打進河裡的樁也嘎吱作響地搖晃，擾亂河面。

當一場狂歡就要開始時，羅倫斯和赫蘿反而是靜靜地四目相對。

「感覺睡覺的時候還會耳鳴呢。」

對於羅倫斯還沒玩就喊累般的話，赫蘿毫不心虛地說：

「怕什麼，真正不好玩的只有宿醉而已。」

面對「少喝點不就好了？」的傻眼視線，赫蘿像個純真少女般微笑歪頭，站起來再點杯啤酒。

赫蘿與羅倫斯的旅行仍會繼續。

無論深夜裡吹起再冷的風，他們也不會孤單。

因為一夜過去，太陽仍會從東邊升起。

後記

好久不見，我是支倉凍砂。與前一集居然隔了一年九個月，真的讓各位久等了。一下寫《狼與羊皮紙》，一下弄《狼與辛香料VR》的事，雖然不至於讓《狼與辛香料》從我生活中消失，稿子卻完全沒有動。要再多動動手才行……

不過這次成功用上很多想用很久了的材料，艾莉莎和譚雅也表現得非常好，內容讓我這個筆者十分滿足（希望各位讀者也看得開心）。另外，或許是因為短篇的緣故，可以描寫比原本故事更貼近生活的奇幻世界，也讓我寫得很高興。

以下是包含劇情洩露的各篇材料介紹。

〈狼與寶石之海〉是我想寫馬格里布（北非）地區撈珊瑚的故事而寫出來的。現實中是將金屬鉤爪拋進海裡再捲線拉起來這樣。以現代觀感來說有破壞海底景觀之虞就是了。

〈狼與結實之夏〉所出現的蕈類即是俗稱「死人指」的多形炭角菌。搜尋圖片以後應該就能了解繆里在怕什麼了！

〈狼與老獵犬的嘆息〉的大蛇爬行痕跡（作物痕跡），網路上能搜尋到很多清楚的航空照片，

滿有趣的。

這類點子的難處在於不是在中世紀歐洲相關資料裡能夠翻到，只能靠因緣際會。其他應該還有很多能應用在奇幻世界裡的材料，Spring Log 篇還能再多寫幾集的感覺。（這集最後一篇很有最後一集的感覺，特此註明！）

還請各位耐心等候。

又剩了一點空間……說個超近期的事，我突然很想吃山崎麵包公司的美式甜甜圈，可是附近店家都沒賣。想說 Daily Yamazaki 一定有……！就搭電車殺去最近的分店，結果還是沒有！會不會是夏天沒賣呢。那個濕潤的感覺跟砂糖和油的暴力堪稱是舉世無雙啊。噢，美式甜甜圈……要是下集後記提到體重，就當我是順利買到這款甜甜圈了。下次再會。

文倉凍砂

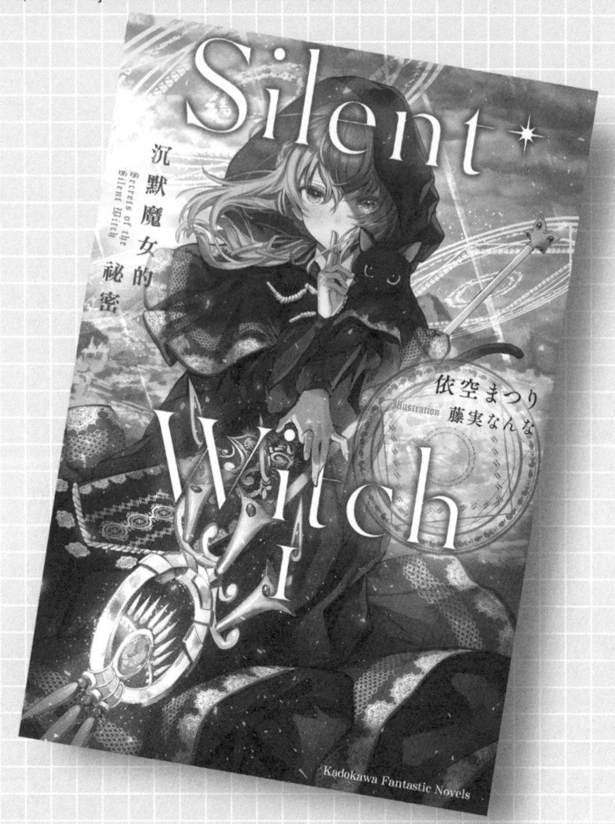

Silent Witch 沉默魔女的祕密 1 待續

作者：依空まつり　插畫：藤実なんな

「這本輕小說真厲害！2022」單行本部門第2名
極度怕生的最強魔女充滿反差萌♥

「沉默魔女」莫妮卡·艾瓦雷特是世上唯一的無詠唱魔術師，曾獨自擊退傳說的黑龍！其實她的本性怕生到無法在人前開口!?她卻獲選為「七賢人」，還被硬塞了護衛第二王子的極祕任務？有社交恐懼症的天才魔女，展開痛快無比的奇幻冒險劇！

NT$220/HK$73

除了我之外，你不准和別人上演愛情喜劇 1~2 待續

作者：羽場楽人　插畫：イコモチ

小惡魔系學妹半路殺出對我告白!?
以告白揭開序幕的戀愛喜劇戰線第二集登場！

我與完美無缺的優秀美少女有坂夜華的祕密關係，正式轉為公認。但這不過是新騷動的序幕！我與從國中時代起就與我很熟的囂張學妹幸波紗夕重逢，她卻對我說：「希學長，我喜歡你。請跟我交往。」以告白揭開序幕的戀愛喜劇戰線第二集！

各 **NT$200/HK$67**

不時輕聲地以俄語遮羞的鄰座艾莉同學 1 待續

作者：燦燦SUN　插畫：ももこ

嬌羞美少女以俄語傳情
異國風校園戀愛喜劇登場！

「И наменятоже обрати внимание.」我隔壁的絕世美少女艾莉剛才說的俄語是「理我一下啦」！其實我的俄語聽力達母語水準。毫不知情的她今天也以甜蜜的俄語遮羞？全校學生心目中的女神，才貌雙全俄羅斯美少女和我的青春戀愛喜劇！

NT$200/HK$67

續・魔法科高中的劣等生

魔法人聯社 1~2 待續

作者：佐島 勤　插畫：石田可奈

魔法至上主義激進派組織「FAIR」登場
保衛聖遺物爭奪戰全力展開！

發生了魔法師覬覦加工半成品聖遺物的犯罪案件。其幕後的黑手是人造聖遺物竊盜案罪犯隸屬的USNA魔法至上主義激進派組織「FAIR」指派「進人類戰線」所犯下的案件！達也為了避免聖遺物流入犯罪組織手中，結合各方勢力全力展開保衛戰！

各 **NT$220/HK$73**

國家圖書館出版品預行編目資料

狼與辛香料. XXIII, Spring Log. VI/支倉凍砂作；吳松諺譯. -- 初版. -- 臺北市：臺灣角川股份有限公司, 2022.07

面；　公分. -- (Kadokawa fantastic novels)

譯自：狼と香辛料. 23, Spring Log. VI

ISBN 978-626-321-589-4(平裝)

861.57　　　　111007166

Kadokawa
Fantastic
Novels

狼與辛香料XXIII
Spring Log VI

（原著名：狼と香辛料XXIII Spring Log VI）

2022年7月28日 初版第1刷發行
2024年4月12日 初版第2刷發行

作　　者：支倉凍砂
插　　畫：文倉十
日版設計：渡辺宏一
譯　　者：吳松諺

發 行 人：台灣角川股份有限公司
總　　監：呂慧君
總 編 輯：蔡佩芬
主　　編：林秀儒
編　　輯：黎夢萍
設計指導：陳晞叡
美術設計：莊捷寧
印　　務：李明修（主任）、張加恩（主任）、張凱棋

發 行 所：台灣角川股份有限公司
地　　址：104台北市中山區松江路223號3樓
電　　話：（02）2515-3000
傳　　真：（02）2515-0033
網　　址：www.kadokawa.com.tw
劃撥帳戶：台灣角川股份有限公司
劃撥帳號：19487412
法律顧問：有澤法律事務所
製　　版：巨茂科技印刷有限公司
ISBN：978-626-321-589-4